唐·皮日休　陸龜蒙等　撰

松陵集

中國書店

詳校官戶部員外郎臣牛稔文

臣紀昀覆勘

欽定四庫全書　集部八

松陵集　總集類

提要

臣等謹案松陵集十卷唐皮日休陸龜蒙等倡和之詩考卷端日休之序則編而成集者龜蒙題集名者日休也依韻倡和始於北魏王肅夫婦至唐代盛于元白而極于皮陸葢其時崔璞以諫議大夫為蘇州刺史辟日休

為從事而龜蒙適以所業謁璞因得與日休相贈答同時進士顏萱前廣文博士張賁進士鄭璧司馬都浙東觀察推官李縠前進士崔璐及處士魏朴羊昭業等亦相隨有作裒為此集序稱共詩六百八十五首今考集中日休龜蒙各得往體詩九十三首今體詩九十三首雜體詩三十八首又聯句及問答十有八首外顏萱得詩三首張賁得詩十四首

鄭壁得詩四首司馬都得詩四首李縠得詩
三首崔璐魏朴羊昭業各得詩一首崔璞亦
得詩二首其他如清遠道士顔真卿李德裕
幽獨君等各五首皆以追録舊作不在數内
尚得詩六百九十八首與序中所列之數不
符豈序以傳寫誤歟明弘治壬戌吴江知縣
濟南劉濟民以舊本重刊都穆爲之跋歳久
漫漶毛晉又得宋槧本重校刻之今所行者

皆毛本唐人倡和裒為集者凡三斷金集久佚王士禎記湖廣莫進士有漢上題襟集求之不獲今亦未見傳本其存者惟此一集録而存之尚可想見一時文雅之盛也乾隆四十九年二月恭校上

總纂官臣紀昀臣陸錫熊臣孫士毅

總校官臣陸費墀

松陵集序

詩有六義其一曰比比者定物之情狀也則必謂之才才之備者於聖為六藝在賢為聲詩噫春秋之後頌聲亾寢降及漢氏詩道若作然二雅之風委而不興矣在詩有三言四言五言六言七言九言之作三言者曰振振鷺鷺于飛是也五言者曰誰謂雀無角何以穿我屋是也六言者曰我姑酌彼金罍是也七言者曰交交黃鳥止于桑是也九言者曰泂酌彼行潦挹彼注茲是也

蓋古詩率以四言為本而漢氏方以五言七言為之也其句亦出於毛詩五言者李陵曰攜手上河梁是也七言漢武曰日月星辰和四時是也爾後盛於建安建安以降江左君臣得以浮艷之然詩之六義微矣逮及吾唐開元之世易其體為律焉始切於儷偶拘於聲勢然詩云見憫既多受侮不少其對也工矣堯典曰聲依永律和聲其為律也甚矣由漢及唐詩之道盡矣吾又不知千祀之後詩之道止於斯而已耶後有變而作者余

不得以知之夫才之備者猶天地之氣乎氣者止乎一也分而為四時其為春則煦枯發枿如育如護百蘤融冶酣人肌骨其為夏則赫曦朝升天地如窐草焦木渴若燎毛髮其為秋則凉颸高瞥若露天骨景爽夕清神不菽形其為冬則霜陣一捷萬物昔䓪雲沮日慘若憚天責夫如是豈拘於一哉亦變之而已人之有才者不變則已苟變之豈異于是乎故才之用也廣之為滄溟細之為溝竇高之為山嶽碎之為瓦礫美之為西子惡

之為敦治壯之為武賁弱之為處女大則八荒之外不可窮小則一毫之末不可見苟其才如是復能善用之則庖丁之牛慶之輪郢之斤不足謂其神解也意古之士窮達必形於歌詠苟欲見乎志非文不能宣也於是為其詞詞之作固不能獨善必須人以成之昔周公為詩以貽成王吉甫作頌以贈申伯詩之酬贈其來尚矣後每為詩必多以斯為事咸通七年令兵部令狐員外在淮南令中書舍人弘農公守毗陵日休皆以詞獲幸

悉蒙以所製命之和各盈編軸亦有名其首者十年大司諫清河公出牧於吳日休為部從事居一月有進士陸龜蒙字魯望者以其業見造凡數編其才之變真天地之氣也近代稱溫飛卿李義山為之最俾陸生參之未知其孰為之後先也太玄曰稽其門闢其戶眼其鍵然後乃應況其不者乎余遂以詞誘之果復之不移刻由是風雨晦冥蓬蒿翳薈未嘗不以其應而為事苟其詞之來食則輟之而自飫寢則閒之而必驚凡一年為

往體各九十三首今體各一百九十三首雜體各三十八首聯句問答十有八篇在其外合之凡六百五十八首南陽廣文潤卿隴西侍御德師或旅泊之際善其所為皆以詞致師詞之不多去之速也大司諫清河公有作或命之和亦著焉其餘則吳中名士又得三十首餘詩外有序十九首總録之得十通戴詩六百八十五首漢書曰古者諸侯卿大夫交以鄰國以微言相感當揖讓之時必稱詩以喻其志蓋以别賢不肖也余之與生

道義志氣窮達是非莫不見於是士君子或為之覽賢不肖可不別乎哉噫古之將有交綏而退者今生之於余豈是耶生既編其詞請於余曰爾有文當為我序詩道兼十通以名之曰休曰諸由是為之序松江吳之望也別名曰松陵請目之曰松陵集

欽定四庫全書

松陵集卷一

唐 陸龜蒙 編

往體詩十二首

讀襄陽耆舊傳因作詩五百言寄皮襲美

漢臯古來雄山水天下秀高當軫翼分化作英髦囿暴秦之前人厭戚不可究自從宋生賢特立冠耆舊離騷既日月九辯即列宿卓哉悲秋辭合在風雅右龎公樂

幽隱辟聘無所就秪愛鹿門泉泠泠倚巖潄孔明卧龍者潛伏躬耕耨忽遭玄德雲遂起鱗角鬭三胡節皆峻二習名亦茂其餘文武家相望如斥堠緬思齊梁降寂寞寡清胄疑融為漪瀾復結作瑩琇不知粹和氣有得方大授將生皮夫子上帝可其奏并包數公才用以殿厥後嘗聞兒童歲嬉戲陳俎豆積漸開詞源一派分萬流先崇丘旦室大懼隳結構次補荀孟垣所貴七鎛漏仰瞻三皇道蟣虱在宇宙却視五霸圖股掌弄孩幼

或能髗髖髀或與翼雛觳或喜掉直舌或樂斬斜脰或
耨鉏翦薈或整理錯謬或如百千騎合沓原野狩又如
曉江平風死波不皺幽埋力須掘遺落賫必購乃於文
學中十倍猗頓富囊之向咸鎬馬重遲步驟專場射策
時縛虎當羿彀歸來把通籍且作高堂壽未足逞戈矛
誰云被文繡從知偶東下帆影拂吳岫物象悉摧藏精
靈畏雕鏤伊予抱沈疾顛頹守圭竇方推洪範疇更念
太玄首去聲陳詩採風俗學古窮篆籀朝朝貫薪米往往

逢責詬既被鄰里輕亦為妻子陋持冠適甌越敢怨不得售窘若曬沙魚悲如哭霜狖唯君枉車轍以遜海上臭披襟兩相對半夜忽白晝執熱濯清風忘憂飲醇酎驅為文翰侶驚阜參驥厩有時諧宮商自喜真邂逅道孤情易苦語直詩還瘦藻匠如見訓終身置懷袖

陸魯望讀襄陽耆舊傳見贈五百言過褒庸材靡有稱是然襄陽養事歷歷在目夫耆舊傳所未載者漢陽王則宗社元勳孟浩然則文章大匠子

次而賛之因而寄荅亦詩人無言不詶之義也

次韻　皮日休

漢水碧於天南荆廓然秀廬羅遵古俗鄢郢迷昔圃幽奇無得狀巉絶不能究興替忽矣新山川悄然舊班班生造士一一應玄宿巳肅乃崳岨屈景實豪右是非既自分涇渭不相就粤自靈均來清才若天漱偉哉泂上隱卓爾隆中耨始將麋鹿狎遂與麒麟鬬萬乘不可謁千鍾固非茂爰從景升死境上多兵堠檀溪試戈船峴

嶺屯貝胄寂寞數百年質唯包礫琇上玄賁唐德生賢命之授是為漢陽王帝曰俞爾奏巨德聳神鬼宏才轢前後勢端唯金莖質古乃玉豆行葉蔭大椿詞源吐洪流六戌清廟音一柱明堂構在昔房陵遷圜穹正中漏繫王揭然出上下拓宇宙俯視三事者騃騃若童幼低摧護中興若鳳視其觳遇險必伸足逢誅將引脰既正北極尊遂治衆星謬重聞章陵幸再見岐陽狩日似新刮膜天如重熨皺易政疾似救求賢甚於購化之未朞

年民安而國富翼衛兩舜趨鈞陳十堯驟忽然遺相印
如羿御其發姦倖却乘轝播遷遂終壽遺廟屹峰崿功
名紛組繡開元文物盛孟子生荆岫斯文縱奇巧秦璽
新雕鏤甘窮卧牛衣受辱對狗竇思變如易文才通似
玄首祕於龍宫室怪即天篆籀知者競欲戴嫉者或將
詬任達且百觚遂為當時陋既作才鬼終恐為仙籍售
予生二賢末得作升木狖兼濟與獨善俱敢懐其臭江
漢稱炳靈克明嗣清晝繼彼欲為三如醻和醇酹既見

陸夫子篤心却伏廐結彼世外交遇之於邂逅兩雁思
競閒雙松格争瘦唯恐别仙才漣漣涕襟袖
陸魯望昨以五百言見貽過有襃美内揣庸陋彌
增愧悚因成一千言上述吳唐文物之盛次叙
相得之懽亦迭和之微旨也　皮日休
三辰至精氣生自蒼頡前粤從有文字精氣銖於綿所
以楊墨後文詞縱横顛元狩富材術建安儼英賢厥祀
四百餘作者如排穿五馬渡江日犀魚食蒲年大風蕩

天地萬陣黃鬚貙縱有命世才不如一空拳後至陳隋世得之拘且緛太浮如瀲灩太細如蚳蝝太亂如靡靡太輕如芊芊流之為酌嘗變之為遊畋百足雖云衆不救殺馬蛭君臣作降虜北走如獼猴所以文字妖致其國朝還吾唐革其纇取士將科懸文星下為人洪秀密於緶大開紫宸扉來者皆詳延日晏朝不罷龍姿懽䡘音田呂氏春秋云天子䡘䡘於焉周道反繇是秦法悛射洪陳子昂其聲亦喧闐惜哉不得時將奮猶拘攣玉壘李太白

銅隄孟浩然李寬包堪輿孟澹凝漪漣埋骨採石壙留
神鹿門埏俾其羈旅死實覺天地孱猗歟子美思不盡
如轉輇音銓縱為三十車一字不可捐既作風雅主遂司
歌詠權誰知耒陽土埋却真神仙當於李杜際名輩或
泝沿良御非異馬繇弓非他弦其物無同異其人有媸
妍自開元至今宗匠紛如烟爽若流灩英高如崑崙巔
百家囂浮說諸子率寓篇纂之為京觀解之為牲牷各
持天地維率意東西牽競抵元化首爭扼真宰咽或作

制誥藪或為宮體淵或堪被金石或可投花鈿或為輿隷唱或被兒童憐烏疊虜亦寫雞林夷爭傳披猖覆載樞捭闔神異鍵力掀尾閭立思軋大塊旋降氣或若虹耀影或如蘷萬象瘡痍痏百靈瘵且癬謂乎數十公筆若明堂椽其中有擬者不絶當如綖齊驅不讓筞並駕或爭駢所以吾唐風直將三代甄被此文物盛緜乎聲詩宣揉被風人謠輶軒輕似鷇麑者固不捨鄙者亦為銓其中有鑒戒一一堪雕鐫乙夜以觀之吾君無釋焉

遂命大司樂度之如星躔播於樂府中俾為萬代蠲吹彼圓丘竹誦兹清廟絃不惟娱列祖兼可格上玄緊余何為者生自江海堧騃騃自髫角不甘耕一壥諸昆指倉庫謂我死道邊何為不力農稽古真可嗚遂與穄稹著兼之蓑笠全風吹蔓草花颭颭盈荒田老牛蹬不行力弱誰能鞭乃將耒與耜並換槧與鉛閱彼圖籍肆致之千百編攜將入蘇嶺鹿門別名不就無出緣堆書塞低屋滌硯涸小泉對燈任髻爇憑案從肘研背無切玉刀難

除揞上肸爾來五寒暑試藝稱精專昌黎道未著文教
如玉奮其中有聲病於我如誕譂天燀二音語不正貌是敢驅顏
波歸之於大川其文如可用不敢佞與便明水在藁秸
大羹臨豆籩將來示時人猰㺄垂饞涎亦或尚華縟亦
曾為便環亦能制灝灝亦解攻翩翩惟思逢陣敵與彼
爭後先避兵入句吳窮悴秪自詮平原陸夫子投刺來
蹁躚開卷讀數行為之忽加虔力窮一兩首反顧惟空
拳始來遺巾幗乃敢排戈鋋或為抶幟走或遺劘壘還

不能收亂轍豈暇重為篿雖然未三北亦可輸千鍰丑傳反尚書云贖罪千鍰向來說文士爾汝名可睽聖人病沒世不患窮而蹎我未九品位君無一囊錢相逢得何事兩籠訓唱牋無顏解媮合底事居冗員方知萬鍾祿不博五湖船叓險但明月死生應白蓮吟餘凭几飲釣罷隈蓑眠終抛峴山業相共此留連

襲美先輩以龜蒙所獻五百言既蒙見和復示榮唱至於千字提奬之重蔑有稱實再抒鄙懷用

伸訓謝

洪範分九疇轉成天下規河圖孕八卦煥作玄中奇先開否臧源次築經緯基粵若魯聖出正當周德衰越疆必載質歷國將扶危諸侯恣屈強王室方陵遲歌鳳時不偶獲麟心益悲始嗟吾道窮竟使空言垂首贊五十易又删三百詩遂令篇籍光可並日月姿向非筆削功未必無瑕疵迨至夫子沒微言散如枝所宗既不同所得亦異宜名法在深刻虛玄致希夷自從戰伐來一派

從衡馳寒谷生艷木沸潭結流澌驚奔失壯士好惡隨纖兒嬴氏并六合勢尊丞相斯加于挾書律盡取坑焚之南勒會稽頌北恢胡亥阺猶懷徧巡狩不暇親維持及漢文景後鴻生方鉥覘簸揚堯舜風反作三代吹飄飄四百載左右為藩籬鄴下曹父子獵賢甚熊羆發論若霞駮魏文帝著典論有論文一篇裁詩如錦摛徐王應劉輩頭角咸相哀或有妙絕賞或為獨步推或許潤色美或嫌詆訶癡倏以中利病且非混醇醨雅當乎魏文麗矣哉陳

思不肯少選妄恐貽後世嗤吾祖仗才力士衡文賦革車蒙
虎皮手持一白旄直向文場麾輕去聲若脫鉗鈦豁如抽
庋㢒精鋼不足利騕褭何勞追大可罩山岳微堪析毫
釐十體兔負贅百家咸起瘥爭入鬼神奧不容天地私
一篇邁華藻萬古無孑遺刻鵠尚未已雕龍奮而為劉勰
有文心雕龍劉生吐英辯上下窮高畀下臻宋與齊上指軒
從義豈但標八索殆將包兩儀人謠洞野老騷怨明湘
纍立本以致詰驅宏來抵隴清如朔雪嚴緩若春烟羸

或欲開戶牖或將飾纓緌雖非倚天劍亦是囊中錐皆
繇內史意致得東莞詞梁元盡索虜後主終亡隋哀音
但浮脆豈望分雄雌吾唐揖讓初陛列森咎夔作頌媲
吉甫直言過祖伊明皇踐中日墨客肩參差岳淨秀擢
削海寒光陸離皆能取穴鳳盡擬乘雲螭邇來二十祀
俊造相追隨予生落其下亦值文明時少小不好弄逡
巡奉弓箕雖然苦貧賤未省親嚅唲秋倚抱風桂曉烹
承露葵窮年只敗袍積日無晨炊遠訪賣藥客閑尋捕

魚師歸來蠹編上得以含情窺既韻吟比雅覃思念梲櫳因知昭明前剖石呈清琪又嗟昭明後敗葉埋芳蘺縱有月旦評未能天下知徒為强貔豹不免叅狐狸誰褰行地足誰抽刺天鬐誰作河畔草誰為洞中芝誰若靈囿鹿誰猶清廟義誰輕如舉毛誰密如凝腊誰比蜀嚴靜誰方巳賁貲誰能釣朴鼇誰能灼神龜誰背如水火誰同若塤篪誰可作梁棟誰敢驅谷蠡音鹿黎用此常不快無人動交鈹空銷病裏骨枉白愁中髭鹿門先生

才大小無不怡就彼六籍内說詩直解頤顧我迷未遠
開懐潰其疑初看鑿本源漸乃疏旁支遂古派汎濫皇
朝光赫曦揣摩是非際一一如襟期李杜氣不易孟陳
節難移信知君子言可並神明著枯腐尚求律膏肓猶
謁醫況將太牢味見啗逌懸飢令來置家地正枕吳江
湄餌薄鈎不曲罣然守空坻默坐無影響唯君欵茅茨
抽書亂籤帙酌茗煩甌犧或伴補鈌砌或諧詰荒祠狐
笻倚烟蔓細木横風漪觸雨妨扉屨臨流泥江蘺既狎

野人調甘為豪士嗤不敢負建鼓唯憂悼降旗希君念餘勇挽袖登文陴

吳中苦雨因書一百韻寄魯望　皮日休

全吳臨巨溟百里到滬瀆海物競駢羅水怪爭滲漉狂蜃吐其氣千尋勃然蹙一刷半天墨架為欹危屋怒鯨瞪相向吹浪出轂轂倏忽腥杳冥須臾坼崖谷帝命有嚴程慈物敢潛伏嘘之為玄雲彌亘千萬幅直抜倚天劍又建橫海纛化之為暴雨潨潨射平陸如將月窟瀉

似把天河撲著樹勝戟支中人過箭鏃龍光倏閃照虬
角搊琤觸此時一千里平下天台瀑雷公恣其志磯磾
裂電目蹋破霹靂車折卻三四輻雨工避罪者必在蚑
睫宿狂發鏗訇音不得懈怠僇頃刻勢稍止尚自傾蔌
蔌不敢履洿處恐蹋爛地軸自爾凡十日茫然晦林麓
只是遇滂沱少曾逢霢霂伊予之解守古製拙卜築顏
簷倒菌黃破砌頑莎綠只有方丈居其中踏且跼朽處
或似醉漏時又如沃階前平泛濫牆下深趚趚唯堪著

籉笠復可乘艒䑨雞犬竝淋漓兒童但咿噢勃勃生溼
氣人人牢於鍋鬚眉漬將斷肝膈蒸欲熟當庭死蘭芷
四垣盛薋菉解帙展斷書拂牀安壞牘跳梁老蛙黽直
向牀前浴蹲前但相聒似把白丁辱空廚方欲炊漬米
未離簞薪蒸溼不着白晝須燃燭汗萊既已濘買魚不
獲鯫竟未成麥饘安能得粱肉更有陸先生荒林抱窮
戚壞宅四五舍病篠三兩束葢簷低礙首蘚地滑澾足
注欲透承塵溼難庇廚麓低摧在圭竇索漠拋偏褧手

指既已胼胝膚又將瘢一庖勢欲陊將撐之寸木盡日欠束薪經時無斗粟螔蝓將入甑蟚蜞已臨鍑（音腹說文云如釜而大口）嬌兒未十歲枵然自啼哭一錢買粔籹數里走病僕破碎舊鶴籠狼藉晚蠶簇千卷素書外此外無餘蓄着處紵衣裂戴次紗帽醭惡陰潛過午未及烹葵菽具中銅臭戶七萬沸如臛嗇止甘蟹爵侈惟僭車服皆希尉吏苛盡怕里胥錄低眉事庸奴開顏納金玉唯到陸先生不能分一斛先生之志氣薄漢如鴻鵠遇善必擎

踸見才輒馳逐廳不受一芥其餘安可黷如何鄉里輩
見之乃蝟縮粤子苦心者師仰但踖踧受易既可注請
玄又堪卜百家皆捜蕩六藝盡翻覆似餒見太牢如迷
過華燭半年得訓唱一日屢往復三秀間稂莠九成雜
巴濮弃命既不暇乞降但相續吟詩口吻噅把筆指節
瘃君才既不窮吾道繇是篤所益諒弘多厥交過親族
相逢似丹漆相望如朓朐論業敢並驅量分合繼躅相
違始兩日忡忡想華縟出門泥漫漶恨無直轅輦十錢

賃一輪篷上鳴斛觫赤脚枕書帙訪予穿詰曲入門且
抵掌大噱時碌碌兹淋既浹旬無乃害九穀予唯餓不
死得非道之福手中捉詩卷語快還共讀解帶似歸來
脫巾若沐浴踈如松間篁野甚麋對鹿行譚兵書籤卧
話枕碁局呼童具盤飧擨衣換鷄鶩或蒸一升麻或煠
兩把菊用以閱幽奇豈能資口腹十分煎皐盧半榼挽
酃醁高談緊無盡晝漏何太促我公大司諫一切從民
欲梅潤侵東杖和氣生空獄而民當斯時不覺有煩溽

念滂為之災拜神再三告太陰霍然收天地一澄肅燔炙既芬芬威儀乃毣毣音木須權元化柄用拯中夏酷我願薦先生左右輔司牧玆雨何足云唯思舉顏歜

奉訓襲美先輩吳中苦雨一百韻見寄

微生參最靈天與意緒拙人皆機巧求百徑無一達家為唐臣來奕世唯稷禹只垂清白風凜凜自貽厥龜蒙六代祖五代祖皇朝繼在台輔猶殘賜書在編簡苦斷絕其間忠孝字萬古光不滅孱孫誠瞢昧有志嘗榾榾敢云嗣良弓但欲

終守節諠譁不入耳讒佞不挂舌仰詠堯舜言俯遵周
孔轍所貪既仁義豈暇理生活縱有舊田園拋来亦蕪
沒因之成否塞十載真契濶涷餒一襜褕飢腸少糠籺
甘心付天壤委分任迴斡笠澤卧孤雲桐江釣明月盈
筐盛芡芰滿釜煮鱸鱖酒幟風外戧茶槍露中擷江南謂茶芽未展者曰槍已展者曰旗也歌謡非大雅捃摭爲小說上可補薰莖
傍堪跐牙蘖龜蒙嘗著襗說三卷方當賣罾罩盡以易紙札蹤跡
尚吳門夢魂先魏闕尋聞天子詔赫怒誅叛卒宵旰慣

烝黎謨明問征伐王師雖繼下賊壘未即拔此時淮海
波半是生人血霜戈驅少壯敗屋棄羸耋踐蹋比塵埃
焚燒同蕘秸吾皇自神聖執事皆閒傑射策亦何為春
卿遂聊輟伊予將貢技未有耻可刷却問漁樵津重耕
烟雨撥諸侯急兵食冗賸方剪戮不可把詞章巡門事
干謁歸來闔篷楗壁立空裋褐煖手抱孤烟披書向殘
雪幽憂和憤懣忽忽自驚蹶文才乏寸毫武也無尺鐵
平生所韜蓄到死不開豁念此令人悲翕然生內熱加

之被軟瘃况復久藜藿既為霜露侵一卧增百疾筋骸將束縛腠理如箠撻初謂抵狂軀又疑當毒蝎江南多事鬼巫覡連甌粤可口是妖訛恣情專賞罰良醫只備位藥肆成虛設而我正萎痿安能致訶咄椒蘭任芳苾猾糲從羅列醆斝既屢傾錢刀亦隨爇蕭之瀆財賄不止行諂竊天地如有知微妖豈逃殺其時心力憒益使氣息惙永夜更呻吟空牀但皮骨君來贊賢牧野寉聊簪笏謂我同光塵心中有溟渤輪蹄相壓至問遺無虚

月直到春鴻濛猶殘病根羗看花雖眼暈見酒忘肺渴
隱几還自怡逢盧亦爭唱抽毫更唱和劍戟相磨戛何
大不包羅何微不挑刮今來值霖雨晝夜無暫歇雜若
碎淵淪高如破轇轕何勞鼉吼岸詎要鸛鳴垤秖意江
海翻更愁山岳裂初驚蚩尤陣虎豹爭搏噬又疑伍胥
濤蛟蜃相蹙撥千家濛瀑練忽似好披拂萬疋垂玉繩
如堪取縈結況予居低下本是蛙蚓窟邇來增號呼得
以恣唐突先夷屋舍好又恃頭角凸厚地雖直方身能

褊穿穴常參莊辯裏亦造揚玄末偃仰縱無棧形容且
相忽低頭增嘆忔到口復咽嗢沮洳漬琴書苺苔染巾
襪解衣換倉粟秕稗猶未脫饑鳥屢窺臨泥童苦舂跡
或聞秋稼穡太半沈澎湃耕父蠹齊民農夫思旱魃吾
觀天之意未必洪水割且要虐飛龍又圖滋跛鼈三異
明太守左右皆儒哲有力即扶危懷仁過救暍鹿門皮
夫子氣調真俊逸截海上雲鷹橫天下鞲鶻文壇如命
將可以持玉鉞不獨庖羲軒便當城老佛顧予為山者

所得才質擬譬如餙箭材尚欠鏃與筈閑将俞兒唱强
倚帝子瑟幸得遠瀟湘不然啞賈屈閑緘窺寶肆璣貝
光比櫛朗詠衝樂懸陶匏響鏗擋古來愁霖賦不是不
清越非君頓挫才沴氣難摧折馳情扣虛寂力盡無所
掇不足謝巖音秖令彫鬢髮

初夏即事寄魯望　皮日休

夏景恬且曠遠人疾初平黄鳥語方熟紫桐陰正清廨
宇有幽處私遊無定程歸來閑雙闗亦忘枯與榮土室

作深谷蘚垣為干城攲杉突杝架逆笋支檐楹片石共
坐穩病寉同喜晴癭木四五器筇枝一兩莖泉為葛天
味松作羲皇聲或看名畫徹或吟閒詩成忽枕素琴睡
時把仙書行自然寡儔侶莫說更紛爭具區包地髓震
澤含天英粤從三讓來俊造紛然生顧予容茲地薄我
皆為傖唯有陸夫子盡力提客御各負出俗才俱懷超
世情駐我一棧車啜君數藜羹敲門若我訪倒屣欣逢
迎胡餅蒸甚熟貊盤舉尤輕茗脆不禁炙酒肥或難傾

掃除就藤下移榻尋虚明惟共陸夫子醉與天壤并

奉訓龔美先輩初夏見寄次韻

積雨晦臯圃門前烟水平蘋蘅增遥吹枕席分餘清村旆詑酒美賒來滿鐙程未必減宣子何羡謝公榮借宅去人遠敗牆連古城愁鴟占枯枿野鼠趨前楹昨日雲破損晚林先覺晴幽篁倚微照碧粉含疎莖露簡有遺字痝琴無汎聲蠶寒蠒尚薄燕喜雛新成覽物正揺思得君初夏行誠明復散誕化匠安能爭海浪刷三島天

風吹六英洪崖領王節坐使虚音生吾祖儆洛客因言
幾為傖末裔賫漁者敢懐千墨卿唯思釣璜老遂得持
竿情何須乞鵝炙豈在斟羊羮畦蔬與甕醁更可相攜
迎蟠木几甚曲筍皮冠且輕閑心放羈靮醉脚從欹傾
一逕有餘遠一窻有餘明秦皇苦不達天下何足并

二遊詩 并序　　皮日休

呉之士有恩王府參軍徐修矩者守世書萬卷優游自
適余假其書數千卷未一年悉償夙志酣飫經史或曰

晏忘飲食次有前涇縣尉任晦者其居有深林曲沼危亭幽砌余竝次以見之或退公之暇必造以息焉林泉隱事恣用研詠大凡遊於二君宅無浹旬之間因作詩以留贈目之曰二遊兼寄陸魯望

徐詩

東莞為著姓奕代皆儁喆强學取科第名聲盡孤揭自為方州来清操稱凜冽唯寫墳籍多必云清俸絶宣毫利若風剡紙光於月札吏指欲胼萬通排木閣樓船若

夏屋欲載如垤塿轉徙入吳都縱橫礙門閾縹囊輕似
霧緗帙殷於血以此為基構將斯用貽厥重於通侯印
貴却全師節我愛叅卿道承家能介潔潮田五萬步草
屋十數椽微官不能去歸來坐如刖保茲萬卷書守慎
如羈紲念我曾苦心相逢無間別引之看祕寶任得窮
披閲軸閑翠鈿剥籖古紅牙折帙解帶芸香卷開和桂
屑枕眞石鋒刃榻共松瘡癬一卧寂無譁數編看盡徹
或携歸廨宇或把穿林樾挈過太湖風抱宿支硎雪如

斯未星紀悉得分毫未剪除幽僻藪滌蕩玄微窟學海
正狂波予頭向中纇烏沒反聖人患不學垂誡尤為切苟
昧古與今何殊瘖共瞶五滑反昔之慕經史有以傭筆札
何況遇斯文借之不曾輟吾衣任縠纑吾食甘糠覈其
道苟可光斯文那自伐何竹青堪殺何蒲重好截如能
盈蕉兩便足訓飢渴有此競苟榮聞之蕉可嘰東皋耨
烟雨南嶺提薇蕨何以謝徐君公車不聞設

任詩

任君恣高訪斯道能寡合一宅閉林泉終身遠囂雜嘗聞佐浩穰散性多儑㒓上五盍反下音沓不著事貌歘爾解其綬遺之如棄靸歸來鄉黨内却與親朋洽閑溪未讓丁列第方稱甲入門約百步古木聲霎霎廣檻小山欹斜廊怪石夾白蓮倚欄楯翠鳥緣簾押地勢似五瀉巖形若三峽猿眠但膃肭鳧食時啑唼撥荇下文竿結藤縈桂檝門留鑿樹容壁倚栽花鋪度歲止褐衣經旬唯白帢多君方閉戶顧我能倒屣請題在茅棟留坐於石榻魂從

清景邈衣任烟霞裹堦墀竈任上枕席鷗方狎沼似頻黎鏡當中見魚貶杯杓悉杉瘤盤筵盡荷葉閑斟不置罰閑奕無爭刼閑日不整冠閑風無用箑以斯為思慮吾道寧波荼衮衣競縩縩鼓吹爭鞺鞳欲者觧擠排詬者能詰讘權豪暫翻覆刑禍相填壓此時一圭竇不肯饒閭閻有第可棲息有書可漁獵吾欲與任君終身以斯愜

奉和二遊詩

徐詩

嘗聞四書曰經史子集焉苟非天祿中此事無緣全自
從秦火來歷代逢迍邅漢祖入關日蕭何為政年盡力
取圖籍遂持天下權中興延嘉時教化還相宣立石刻
五經置於太學前賊莽亂王室君臣如轉圜洛陽且煨
燼載籍宜為烟逮晉武革命生民纔息肩惠懷亟寡昧
戎羯俄腥羶已覺天地閉競為東南遷日既不暇給墳
索何繇專爾後國脆弱人多尚虛玄仕學者得謗清言

者為賢直至沈范輩沈約范雲皆藏書數萬卷始家藏簡編御府有不足仍令就之傳梁元渚宮日盡取如蚍蜉兵威忽破碎焚爇無遺篇近者隋後主搜羅勢駢闐寶函映玉軸彩翠明霞鮮伊唐受命初載史聲連延砥柱不我助驚波湧淪漣遂令因去書半在餘浮泉貞觀購亡逸蓬瀛漸周旋炅然東壁光與月爭流天偉夫開元中王道真平平八萬五千卷一一皆塗鉛集開元麗正殿書錄云人間感傳寰海內奔窮研目云西齋書有過東皋田吾聞徐氏子

奕世皆才賢因知遺孫謀不在黃金錢插架幾萬軸森
森若戈鋋風吹籤牌聲滿室鏗鏘然佳哉鹿門子好問
如除瘠倏來參卿處遂得參卿憐開懷展厨簏唯在性
所便數葉已千仞今為峻雲巔雄才舊百派相近浮日
川君苞王佐圖縱步淩陶甄他時若報德誰在參卿先

任詩

吳之辟疆園在昔勝槩敵前聞富修竹後說紛怪石竟陵子陸羽玩月詩云辟疆舊林園怪石紛相向風烟慘無主載祀將六百草色

與行人誰能問遺迹不知清景在畫付任君宅却是五
湖光偷來傍簷隟出門向城路車馬聲轔轢入門望亭
隈水木氣岑寂隼牆繞曲岸勢似行無極十步一危梁
作疑當絶壁池容澹而古樹意蒼然僻魚鱉尾半紅鳥
下衣全碧斜來島嶼隱恍若瀟湘隅雨静挂殘絲烟消
有餘脉蝎去任公子擺落名利役雖將禄代耕頗愛巾
隨策秋籠支適寉夜榻戴顒客説史足為師譚經差作
伯君多鹿門思到此情便適偶蔭桂堪帷縱吟苔可席

顧予真任誕雅遂中心獲但喜醉還醒豈知玄尚白甘

閉在難口不貴封龍頷即此自怡神何勞謝公屐

松陵集卷一

欽定四庫全書

松陵集卷二

唐 陸龜蒙 編

往體詩二十八首

追和虎丘寺清遠道士詩并序 皮日休

聖人爲春秋凡諸侯有告則書無告則不書葢所以懲其僞而敦其實也夫怪之與神雖曰不言在傳則書之者亦摭其實而爲之也若然者神之與怪果安在耶噫

聖賢有不得志者則必垂之於言也大則為經誥小則為歌詠蓋不信於當時則取愬於後世抑鬼神有生不得其志者死亦然邪若憑而宣之則石言乎晉物叫于宋是也若夢而辯之則良夫有昆吾之歌聲伯有瓊瑰之謠是也自茲已後人倫不修神藻益熾在君人者悟之則為瑞逆之則為妖其寘諷昧刺時出於後世者則與騷人狎客往往敵於忽微焉虎丘山有清遠道士詩一首其所稱自殷周而歷秦漢迄于近代抑二千年末以

鬼神自謂亦神怪之甚者格之以清健飾之以俊麗一句一字若奮搏擊彼建安詞人倘在不得居其右矣顔太師魯公愛之不暇遂刻于巖際并有繼作李太尉衛公仰清遠之高致慕魯公之素尚又次而和之顔之叙事也典李之屬思也麗並一時之寡和又幽獨君詩二首亦甚奇愴予嗜古者觀而樂之因總而為和答幽獨君一篇不知孰氏之作其詞古而悲亦存于篇末太玄曰大無方易無時然後為鬼神也噫清遠道士果鬼神

乎抑道家者流乎抑隱君子乎詞則已美人則吾不知也

清遠道士同沈恭子遊虎丘寺有作

我本長殷周遭羅歷秦漢四瀆與五岳名山盡幽竄及此寰區中始有近峯玩近峯何鬱鬱平湖渺瀰漫吟挽川之陰步上山之岸山川共澄澈光彩交凌亂白雲翁欲歸青松忽消半客去川島靜人來山鳥散谷深中見日崖幽曉非旦聞子盛遊遨風流足詞翰嘉茲好松石

一言常累嘆勿謂予鬼神欣君共幽讚

刻清遠道士詩因而繼作　太師魯公

不到東西寺于今五十春朅來從舊賞林壑究相親吳子多藏日秦皇厭勝辰劒池穿萬仞盤石坐千人金氣騰為虎琴臺化若神登壇仰生一捨宅歎珣珉中嶺分雙樹迴巒絶四鄰窺臨江海接崇飾四時新客有神仙者於茲雅麗陳名高清遠峽文聚斗牛津跡異心寧間聲同質豈均悠然千載後知我揖光塵

追和太師魯公刻清遠道士詩　太尉衛公

苑苑有靈峯嗟予未遊觀藏山在平陸壞谷爲高岸岡繞數仞牆巖潛千丈幹乃知造化意迴斡資奇玩鏐騰昔虎踞劒沒常龍煥潭黛入海底崟岑聳霄半層巒未昇日哀狖寧知旦綠篠夏凝陰碧林秋不換冥搜既窮寵迴望何蕭散川映嵐氣收江春雜英亂逸人綴清藻前哲留篇翰共扣哀玉音皆舒文繡段難追彥回賞褚彥回曰凡人所稱常過其實唯見虎丘則逾其所聞徒起興公歎一夕如再升含

毫星斗爛

追和清遠道士詩兼次本韻　皮日休

戍道自襄周避世窮炎漢荆杞雖云梗烟霞尚容竄兹
岑信靈異吾懷愜流玩石澁古鐵鉎嵐重輕埃漫松膏
膩幽徑蘋沫著孤岸諸蘿幄幕暗衆鳥陶匏亂巖罅地
中心海光天一半玄猿行列歸白雲次第散蟾蜍生夕
景沆瀣餘清旦風日採幽什墨客學靈翰嗟予慕斯文
一詠復三歎顯晦雖不同兹吟粗堪讃

同前亦次本韻

一代先後賢聲容劇河漢況兹邁古士復歷蒼崖竄辰經幾十萬邈與靈壽玩海嶽尚推移都鄙固蕪漫羸僧下高閣獨鳥没遠岸嘯初風雨來吟餘鍾唄亂如何鍊精魄萬祀忽欲半寧為斷臂憂肯作秋栢散吾聞鄷宫內日月自昏旦左右修文郎縱横灑篇翰斯人久寘寘得不垂慨歎庶或有神交相從重興讚

補沈恭子詩并序

按清遠道士詩題中有沈恭子同遊既然神怪之儔得非姓氏諡為恭子乎一作若趙宣子韓獻子之類邪恭子美諡也而詩中有風流詞翰之稱豈獨唱而不和者歟疑闕其文以為恭子之根乃作一章存於編中亦補亡之義也

靈質貫軒昊遐年越商周自然失遠裔安得怨寡儔我亦小國胄易名慙見優雖非放曠懷雅奉逍遥遊攜手桂枝下屬詞山之幽風雨一以過林麓颯然秋落日倚

石壁天寒登虎丘荒泉已無夕散葉翳不流亂翠缺月隱哀紅清露愁覽物性未逸反為情所因異才偶絕境佳藻窮寞搜虛傾寂寞音敢作雜珮訓

幽獨君詩 二首

幽明雖異路平昔忝工文欲知潛昧處山北有孤墳

高松多悲風蕭蕭清且哀南山接幽隴幽隴空崔嵬白日徒昭昭不照長夜臺雖知生者樂魂魄安能迴況復念所親慟哭心肝摧慟哭更何言哀哉復哀哉

答幽獨君

神仙不可學形化空遊魂白日非我朝青松為我門雖復隔幽顯猶知念子孫何以遣悲惋萬物歸其根寄語世上人莫厭臨芳樽莊生問枯骨三樂成虛言

追和幽獨君詩次韻　皮日休

念爾風雅魄幽咽猶能文空令傷魂鳥啼破山邊墳恨劇但埋土聲幽難放哀墳古春自晚愁緒空崔嵬白楊老無花枯根侵夜臺天高有時裂川去何時迴雙睫

不能濡六藏無可摧不聞搴蓬事何必深悲哉

同前次韻

靈氣獨不死尚能成綺文如何孤窆裏猶讀讀三墳
落日送萬古秋聲含七哀枯株不蕭瑟枝幹虚崔嵬伊
昔臨大道歌鍾醉高臺臺今已平地秖有春風迴明月
白草死積陰荒隴摧聖賢亦如此慟絶真悠哉

讀黄帝陰符經寄鹿門子

清晨整冠坐朗詠三百言備識天地意獻詞犯乾坤何

事不隱德降靈生軒轅口銜造化斧鑿破機關門五賊忽迸逸萬物爭崩奔虛施神仙要莫救華池源但學戰勝術相高甲兵屯龍蛇競起陸鬬血浮中原成湯與周武反覆更為尊下及秦漢朝瀆弄兵亦煩姦強自林據仁弱無枝蹲狂猴恣吞噬逆翼爭飛翻家家伺天發不肯匡淫昏生民墜塗炭比屋為寃魂秖為讀此書大樸難久存微臣與軒轅亦是萬世孫未能窮意義豈敢求瑕痕曾亦愛兩句可與賢達論生者死之根死者生之

根方寸了十字萬化皆胚渾身外更何事眼前徒自喧
黄河但東注不見歸崑崙晝短苦夜永勸君傾一樽

奉和讀陰符經見寄　皮日休

三百八十言出自伊祈氏上以生神仙次云立仁義玄
機一以發五賊紛然起結為日月精融作天地髓不測
似陰陽難名若神鬼得之昇高天失之沈厚地具茨雲
木老大塊烟霞委自顓頊以降賊為聖人執堯乃一庶
人得之賊帝摯摯見其德尊脱身授其位舜惟一鰥民

冗冗作什器得之賊帝堯白丁作天子禹本刑人後以
功繼其嗣得之賊帝舜用以平洚水自禹及文武天機
恰然弛姬公樹其綱賊之為聖智詩書川競大禮樂山
爭峙爰從幽厲餘宸極若孩稚九伯真犬彘諸侯實虎
兕五星合其耀白日下闕里繇是生聖人於焉當亂紀
黄帝之五賊拾之若青紫高揮春秋筆不可刊一字賊
子虐甚沂姦臣痛於箠至今千餘年蚩蚩受其賜時代
更復攺刑政崩且陊予將賊其道所動多訕毀叔孫輿

滅倉頡聖多如此如何黄帝機吾得多坎躓縱失生前
禄亦多身後利我欲賊其名垂之千萬祀

初夏遊楞伽精舍　皮日休

越艑輕似萍漾漾出烟郭人聲漸疎曠天氣忽寥廓伊
予愜斯志有似劀癃瘼遇勝即夷猶逢幽且淹泊俄然
棹深處虚無倚巖崿霜毫一道人引我登龍閣當中見
壽象欲禮光紛箔珠幡時相鏗恐是諸天樂樹杪見鯱
稜林端逢赭堊千尋井猶在萬祀靈不涸下通蛟人道

水色黮而惡欲照六藏驚将窺百骸愕朅去山南嶺其
險如卭笮悠然放吾興欲把青天摸紫藤垂蜀珥紅茘
縣纓絡蘚厚滑似聚峰尖利如鍔斯須到絕頂似愈漸
離爟一片太湖石只驚天漢落梅風脫綸幘乳水透芒
屩嵐姿與波彩不動渾相著既不暇供應将何以酬酢
却來穿竹徑似入青油幕穴恐水君開龕如鬼工鑿竅
幽入茲院前楯臨巨壑遺畫龍奴獰殘香蟲篆薄被魂
窺玉鏡澄處聞金鐸雲態共縈留鳥言相許諾古木勢

如砥近之恐相蠢怒泉聲似激聞之意爭博時禽倏已默衆籟蕭然作遂令不羈性戀此如纏縛念彼上人者将生付寂寞曾無膚撓事肯把心源度胡為儒家流沒齒勤且恪沐猴本不冠未是謀生錯言行既異調棲遲亦同託願力儻不遺請作華林鶴

奉和初夏遊楞伽精舍次韻

吳都涵汀洲碧液浸郡郭微雨蕩春醉上下一清廓奇蹤欲探討靈物先瘵瘼飄然蘭葉舟旋倚烟霞泊吟談

亂篙攧夢寐雜巘崿纖情不可逃洪筆難暫拓豈知楞伽會乃在山水箔金仙著書日世界名極樂詹蔔冠諸香琉璃代華堊禽言經不輟象口川寧涸萬善峻為城巉巉扞犀惡清晨欲登造安得無自愕險穴駭坤牢高蘿挂天笮池容澹相向蛟怪如可模苔蔽石髓根蒲差水心鍔嵐侵答摩髻日照猨猊絡仰首乍眩旋迴眸更煇燿簷端凝去聲飛羽磴外浮碧落到迴解風襟臨幽濯雲嶠塵機性非便靜境心所著自取海鷗知何煩尸祝

酢峯圍震澤岸翠浪舞綃幕瀲灩豈堯遭嶘嵃非禹鑿潛聴鍾梵處别有松桂罄靄重燈不光泉寒網猶溥僮能躡孤刹鳥慣覩摐鐸服道身可遺乞閑心已諾人間亦何事萬態相毒蠱戰壘競高深儒衣謾褒博宣尼名位達未必春秋作管氏包伯圖須人解其縛伊予采樵者蓬藋方索漠近得風雅情聊將聖賢度多君富道采識度兩清恪詎寵生滅詞肯教夷夏錯未為堯舜用且向烟霞託我亦擺塵埃他年附鴻鶴

公齋四詠　皮日休

小松

婆娑只三尺移來白雲徑亭亭向空意已解凌遠忽葉健似虬鬚枝脆如鶴脛清音猶未成紺彩空不定陰圓小芝蓋鱗澁修荷柄先愁被鷃搶預恐遭蝸病結根幸得地且免離離映磥砢不難遇在保晚成性一日造明堂為君當畢命

小桂

一子落天上生此青璧枝欵從山之幽斸斷雲根移勁挺隱珪質盤珊緹油姿葉彩碧髓融花狀白毫鋋稜層立翠節偃蹇樛青螭影澹雪霽後香汎風和時吾祖在月竁孤貞能見怡顧老君子地不敢辭喧畀

新竹

笠澤多異竹移之植後楹一架三百本綠沈森冥冥圓緊珊瑚節釤利翡翠翎儼若青帝仗矗如紫姑屏槭槭微風度漠漠輕靄生如神語鈞天似樂奏洞庭一玩九

藏冷再聞百骸醒有根可以執有䈏音福譜云竹實可以馨願稟君子操不敢先凋零

鶴屏

三幅吹空穀孰寫仙禽狀氄耳側似聽相隺經云氄剌氄耳則聽响遠赤精曠如望露眼赤精則視遠引吭看雲勢翹足臨池樣頗似近蓐席還如入方丈盡日空不明窮年但相向未許子晉乘難教道林放貌既合羽儀骨亦符法相顧升君子堂不必思崐閬

奉和公齋四詠次韻

小松

擢秀逋客巖遺根飛鳥徑因求飾清閟遂得辭危巘貞同栢有心至若珠無脛枝形短未怪鬣數差難定名山記云松有兩鬣三鬣七鬣者言如馬鬣形也言粒者非況密三天風方遵四時柄那興培塿歎免荅鄰里病微霜靜可分片月疎堪映奇當虎頭筆韻叶通明性會拂陽烏胸掄材膺帝命

小桂

諷賦輕八植擅名方一枝才高不滿意更自寒山移究
究別雲態蒼蒼出塵姿烟歸助華杪雪點迎芳蕤青條
坐可結白日如斧螭諒無劚（音斵）翦憂即是蕭森時洛浦
雖有蓀騷人聊自怡終為濟川檝豈在論高卑

新竹

別塢破苔蘚嚴城樹軒楹恭聞稟璇璣化質離青冥（竹璇璣玉精受氣于玄軒之宿）色可定雞頭實堪招鳳翎立窺五嶺秀坐
對三都屏晴月窈窕入曙烟霏微生昔者尚借宅況來

處賓庭金壘縱傾倒碧露還鮮醒若非抱苦節何以偶惟馨徐觀稚龍出更賦錦苞零

鶴屏

時人重花屏獨卽胎化狀叢毛練分彩疎節節相望（八公相寉經云大毛落叢毛生其色如雪又云高脚疎節則多跛也）曾無氄氉態頗得連軒樣勢擬搶高尋身猶在函丈如憂雞鶩鬬似憶烟霞向塵世任縱橫霜襟自閑放空資明遠思不待浮丘相何繇搊玉衣一舉棲瀛閬

覽皮先輩盛製因作十韻以寄用伸歎仰

前進士崔璐

河嶽挺靈異星辰精氣殊在人為英哲與國作禎符襄陽得奇士俊邁真龍駒勇果魯仲繇文賦蜀相如渾浩江海廣葩華桃李敷小言入無間大言塞空虛幾人遊赤水夫子得玄珠鬼神爭奧秘天地借洪罏既有曾參行仍兼君子儒吾知上帝意將使居黄樞好保千金體須為萬姓謨

奉酬次韻　皮日休

伊余幼且賤所稟自以殊弱歲謬知道有心匡皇符意超海上鷹運蹋轅下駒縱性作古文所為皆自如但恐才悋劣敢誇詞彩敷句句考事實篇篇窮玄虛誰能變羊質競不獲驪珠粤有造化手曽開天地罏文章鄴下秀氣貌淹中儒展我此志業期君持中樞蒼生眼穿望匆作磻溪謨

奉和因贈至一百四十言

孔聖鑄顔事垂之千載餘其間王道乖化作荆榛墟天
必授賢哲為時攻翦除軻雄骨已朽百氏徒趑趄近者
韓文公首為開闢鋤夫子又繼起陰霾終廓如捜得萬
古遺裁成十編書南山感雲雨東序堆璠琚偶此真籍
客悠揚兩情攄清辭忽窈窕雅韻何虚徐唱既野芳坼
酬還天籟踈輕波掠翡翠曉露披芙蕖儷曲信寡和末
音難嗣初空持一竿餌有意獻鯨魚

松陵集卷二

欽定四庫全書

松陵集卷三

唐　陸龜蒙　編

往體詩二十首

太湖詩并序　　皮日休

余頃在江漢嘗藕麂門㰍㵳湖然而未能放形者抑志於道也爾後以文事造請於是南浮至二別涉洞庭迴觀敷淺源登廬阜濟九江繇天社抵霍嶽又自箕頼轉

樊鄧陟商顔入藍關凡自江漢至于京師者十數候繞者二萬里道之不行者有困辱危殆志之可適者有山水遊玩則休戚不孤矣咸通九年自京東遊復得宿太華樂荆山賞女几度轘轅窮嵩高入京索浮汴渠至揚州又航天塹從北固至姑蘇隐江山幽絶見貴于地誌者余之所到不翅于半則烟霞魚鳥林壑雲月可為屬厭之具矣尚杚然於志者抑古聖人所謂獨行之性乎逸民之流乎余真得而為也爾後聞震澤包山其中有

靈異學黃老徒樂之多不返益欲一觀豁平生之欝欝焉十一年夏六月會大司諫清河公憂霖雨之為患乃擇日休將公命禱于震澤祀事既畢神應如響於是太湖之中所謂洞庭山者得以恣討凡所歷皆圖籍稱為靈異者遂為詩二十章以志其事兼寄天隨子

初入太湖（從胥口入去州五十里）

聞有太湖名十年未曾識今朝得遊泛大笑稱平昔一舍行胥塘盡日到震澤三萬六千頃千頃頗黎色連空

淡無纇照野平絶隟好放青翰舟堪弄白玉笛踈岑七十二夔夔露矛戟悠然嘯傲去天上揺畫鷁西風作獵獵驚波罨涵碧倏忽雪陣吼須臾玉崖折樹動為蜃尾山浮似鼇脊落照射鴻溶清輝蕩拋擺雲輕似可染霞斕如堪摘漸暝無處泊挽帆從所適枕下聞澎汃肌上生疹瘵討異足邅迴尋幽多阻隅顧風與良便吹入神仙宅甘将一蘊書永事嵩山伯

曉次神景宮

夜半幽夢中扁舟似凫躍曉來到何許俄倚包山脚三
百六十丈攢空刹如削遐瞻但徙倚欲上先矍鑠濃露
濕莎裳淺泉漸音尖草屩行行未一里節境轉寂寞靜徑
侵泬寥仙扉傍巖崿松聲正清絶海日方照灼歘臨幽
虛天萬想皆擺落壇靈有芝菌殿聖無鳥雀瓊幃自迴
旋錦旌空爍錯鼎氣為龍虎香烟混丹雘凝看出次雲
默聽語時鶴綠書不可注雲笈應無鑰晴來鳥思喜菴
裏花光弱天籟如孳琴泉聲似擲鐸清齋洞前院敢負

玄科約空中悉羽章地上皆靈藥金醴可酎暢玉豉堪咀嚼存心服燕胎叩齒讀龍蹻福地七十二茲焉堪永託在獸之虎軀於蟲不毒蠱嘗閱擇骨錄仙誌非可作綠腸既朱髓青肝復紫絡伊余之此相天與形貌惡每嗟原憲瘇常苦齊侯瘧終然合委頓剛亦慕寥廓三茅亦嘗仕竟與珪組薄欲問包山神來賒少巖壑

入林屋洞

齋心已三日筋骨如烟輕腰下佩金獸手中持火鈴幽

塘四百里中有日月精連亘三十六各各為玉京自非心至誠必被神物烹顧余慕大道不能惜微生遂掐放曠侶同作銷憂行其門繞函文初若盤薄硎洞氣墨眣眈苔髮紅髩鬡試足値坎窞低頭避崢嶸攀緣不知倦怪異焉敢驚匍匐一百步稍稍策可横忽然白蝙蝠來撲松炬明人語散澒洞石響高玲玎脚底龍蛇氣頭上波濤聲有時若服匿偪仄如見綃俄爾造平澹豁然逢光晶金殿似鑄出玉座如琢成前有方文沼凝碧融人

情雲漿湛不動膏露涵而馨漱之恐減算匄之必延齡
愁爲三官責不敢携一甎昔云夏后氏於此藏真經刻
之以紫琳祕之以丹瓊期之以萬祀守之以百靈焉得
彼丈人竊之不加刑石簣一以出左神儀不扃禹書既
云得吴國繇是輕鮮縫纔半尺中有怪物腥欲去既嚄
喈將迴又伶俜却遵舊時道半日出杳冥屨泥去聲惹石
髓衣濕沾雲英玄籙之仙骨青文無絳名雖然入陰宫
不得朝上清對彼神仙窟自厭濁俗形却憎造物者遣

我騎文星

雨中遊包山精舍

松門亘五里彩碧高下絢幽人共躋攀勝事頗清便翣翣林上雨隱隱湖中電薜帶輕束腰荷笠低遮面濕屨黏烟露穿衣落霜霰笑次度巖壑囷中遇臺殿老僧三四人梵字十數卷施稀無夏屋境僻乏朝膳散髮抵泉流支頤數雲片坐石忽忘起捫蘿不知倦異蝶時似錦幽禽或如鈿篆篝還戛刃栟櫚自揺扇俗態既斗藪野

情空眷戀道人摘芝菌為予備午饌渴與石榴羹饑愜胡麻飯如何事于役茲遊急於傳却將塵土衣一任瀑絲濺

遊毛公壇

却上南山路松行儼如廡松根礙幽徑孱顏不能斧擺屢跨亂雲側巾蹲怪樹三休且半日始到毛公塢兩水合一澗湬崖却為浦相敵百千戟共擂十萬鼓噴散日月精射破神仙府唯愁絕地脉又恐折天柱一竅耳目

眩再聽毛髮豎次到鍊丹井井幹翳宿莽下有蕋剛丹匀之百疾愈凝於白獺髓湛似銅馬乳黄露醒齒牙碧粘甘肺腑檜異松復怪枯踈互撐拄乾蛟一百丈饒然半天舞下有毛公壇壇方不盈畆當時雲龍篆一片苔蘚古有劉先生鎮壇符今存于堂時時仙禽來忽忽祥烟聚我愛周息元忽起應明主周徵君名曰息元三諫却歸來迴頭唾珪組伊余何不幸斯人不復覩如何大開口與世爭枯腐將山待夸娥以肉投猰貐歘坐侵桂陰不知已與午茲地

足靈境他年終結宇敢道萬石君輕於一絲縷

三宿神景宫

古觀岑且寂幽人情自怡一來包山下三宿湖之湄況此深夏夕不逢清月姿玉泉浣衣後金殿添香時客省高且敞客沐蟠復奇石枕冷入腦箏席寒侵肌氣清寐不着起坐臨堦墀松陰忽微照獨見螢火芝素鶴警微露白蓮明暗池窓櫺帶乳鮮壁縫合雲𧖾聞磬走魍魎見燭奔羈雌流瀣欲滴瀝芭蕉未離披五更山蟬響醒

發如吹篪杉風忽然起飄破步虛詞道客巾屨樣上清
朝禮儀明發作此事豈復甘趨馳

以毛公泉一缾獻上諫議因寄

劉根昔成道茲鳺四百年毵毵被其體號為緑毛仙因
思清泠汲鑿彼岝嶺巔五色既鍊矣一勺方鏗然既用
文武火俄窮雌雄篇赤鹽撲紅霧白花飛素烟服之生
羽翼倏爾沖玄天真隱尚有迹厥祀將近千我來討靈
勝到此期終焉滴苦破竇淨鮮深餘髮圓澄如玉髓潔

泯若金精鮮顔色半帶乳氣味全和鉛飲之融痞蹇濯之伸拘攣有時玩者觸倏忽風雷顛素綆絲不短越罌腹甚便汲時月液動蟾處玉漿旋敢獻大司諫置之鈴閣前清如介潔性滌比掃蕩權炙背野人與亦思侯伯憐也知飲氷苦願受一缾泉

縹緲峰

頭戴華陽帽手拄大夏節清晨陪道侶來上縹緲峰帶露斸藥蔓和雲尋鹿蹤時驚䶂鼯鼠飛上千丈松翠碧

內有室叩之虛硿䃧上戶冬反下音隆古穴下徹海視之寒鴻濛遇歇有佳思緣危無倦容須臾到絕頂似鳥穿樊籠恐足蹈海日疑身凌天風衆岫點巨浸四方接圓穹似將青螺髻撒在明月中片白作越分孤嵐為吳宮一陣霮䨴氣隱隱生湖東激雷與波起狂電將日紅磬磬雨點大金鶻轟下空暴光隔雲閃髣髴亘天龍連拳百丈尾下捩湖之洪捽為一雪山欲與昭回通移時却攄下細碎衡與嵩神物諒不測絕景尤難窮杖策下返照漸

闡仙觀鍾烟波漬肌骨雲凝閬心胸竟死愛未足當生
且歡逢不然把天爵自拜太湖公

桃花塢

夤緣度南嶺盡日穿林樾窮深到兹塢逸興轉超忽塢
名雖然在不見桃花發恐是武陵溪自閉仙日月倚峰
小精舍當嶺殘耕垡將洞任迴環把雲恣披拂閑禽啼
叫㗾險狖眠硉矹微風吹重嵐碧埃輕勃勃清陰減鶴
睡秀色治人渴敲竹鬬錚摐弄泉爭咽嗢空齋蒸栢葉

野飯調石髮空羡塢中人終身無履韈

明月灣

曉景澹無際孤舟恣迴環試問最幽處號為明月灣半巖翡翠巢望見不可攀柳弱下絲網藤深垂花鬘松瘦忽似狖石文或如戲釣壇兩三處苔老腥斒斑沙雨幾處霽水禽相向閑野人波濤上白屋幽深間曉培橘栽去暮作魚梁還清泉出石砌好樹臨柴關對此老且死不知憂與患好境無處住好處無境刪赧然不自適脉

脉當湖山、

練瀆（吳王所開）

吳王厭得國所玩終不足一上姑蘇臺猶自嫌局促艅艎六宫鬧艨衝後軍肅一陣水麝風空中蕩平渌鳥困避錦帆龍蹤防鐵軸流蘇惹烟浪羽葆飄岩谷靈境太蹂踐因兹搴林屋空闊嫌太湖崎嶇開練瀆三尋鑿石齒數里穿山腹底靜似金膏礫碎如丹粟波殿鄭姮醉蟾閣西施宿幾轉含烟舟一唱來雲曲不知欄楯上夜

有越人鐵君王掩面死嬪御不敢哭艷魄逐波濤荒宮
養麋鹿國破溝亦淺代變草空綠白鳥都不知朝眠還
暮浴

投龍潭在龜山

龜山下最深惡氣何洋溢涎木爆龍巢腥風卷蛟室曉
來林岑靜獰色如怒日氣涌撲臭煤波澄掃純漆下有
水君府貝闕光櫛比左右列介臣縱橫守鱗卒月中珠
母見烟際楓人出生犀不敢燒水怪恐摧躃時有慕道

者作彼投龍術端嚴持碧簡齋戒揮紫筆煎以金蜿蜒投之光焌律琴高坐赤鯉何許縱仙逸我顧與之遊茲焉託靈質

孤園寺 梁散騎常侍吳猛宅

艇子小且兀緣湖蕩白芷縈紆泊一碕究到孤園寺蘿島凝清陰松門湛虛翠寒泉飛碧螭古木鬭蒼兕鐘梵在水睨樓臺入雲肆岩邊足鳴蠻樹杪多飛鷗香莎滿院落風汎金霏靡靜鶴啄栢蠹閑猿弄榅倚小殿薰陸

香古經貝多紙老僧方瞑坐見客還强起指茲正險絕何以來到此先言洞壑數次話真如理磬韻醒閒心茶香凝皓齒巾之刼貝布饌以薝檀餌數刻得清淨終身欲依止可憐陶侍讀身列丹臺位雅號曰勝力亦聞師佛氏（陶隱居嘗夢見佛像謂已曰爾當七地大王號曰勝力也）今日到孤園何妨稱弟子

上真觀

徑盤在山肋繚繞窮雲端擿菌杖頭紫緣崖屐齒刓半

日到上真洞宫知造難雙户啟真景齋心方可觀天鈞鳴響亮天禄行蹣跚琪樹夾一徑萬條青琅玕兩松峙庭際怪狀吁可歎大蟥騰共結修虵飛相盤皮膚坼甲胄枝節擒貙犴鐏處似天裂朽中如井眢襹褷風聲[illegible]跁跒地力痑音攤根上露鉗鈇空中狂波瀾合時若莽蒼闞處如轘轅儼對無霸陣靜閟嚴陵灘靈飛一以護山都焉敢干兩廊潔寂歷中殿高巑岏靜架九色節閃懸十絶幡徽風時一吹百寶清闌珊昔有葉道士位當昇

靈官欲箋紫微志唯食虹景丹既逐隱龍去道風猶未殘猶聞絳目草往往生空壇羽客兩三人石上譚泥丸謂我或龍胄粲然與之懽衣巾紫華冷食次白芝寒自覺有真氣恐隨風力摶明朝若更住必擬隳儒冠

銷夏灣

太湖有曲處其門為兩崖當中數十頃别如一天池號為銷夏灣此名無所私赤日莫斜照清風多遥吹沙嶼掃粉墨松竹調塤篪山果紅靺鞨水苔青髼鬆木陰厚

若厓岩磴滑如飴我來此遊息夏景方赫曦一坐盤石上肅肅寒生肌小艖或可汎方言云小舸謂之艖短策或可支行鷺翠羽起坐見白蓮披歛袖弄輕浪解巾敵涼颸但有水雲見更餘沙禽知京洛往來客暍死緣奔馳此中便可老焉用名利為

包山祠

白雲最深處像設盈岩堂村祭足茗栅水奠多桃漿箬籩竇古砌薜荔綳頹牆爐灰寂不然風送杉桂香積雨

晦州里流波漂稻粱公惟大司諫憫此如發狂命予傳
明禱祇事實不遑一奠若肸蠁再祝如激揚出廟未半
日陽雲逢淡光靃靃雨點少漸收羽林槍忽然山家犬
起吠白日傍公心與神志相向如玄黃我願作一疏奏
之于穹蒼留神千萬祀永福吳封疆

聖姑廟 在大姑山晉王彪二女相次而歿有靈因而廟焉

洛神有靈逸古廟臨空渚暴雨駁丹青荒蘿繞梁梠野
風旋芝蓋飢烏銜椒糈寂寂落楓花時時鬭鼯鼠常云

三五夕盡會妍神侶月下留紫姑霜中名青女俄然響
環珮倏爾鳴機杼樂至有聞時香來無定處目瞪如有
待魂斷空無語雲雨竟不生留情在何處

太湖石 出黿頭山

茲山有石岸抵浪如受屠雪陣千萬戰鮮岩高下刳乃
是天詭怪信非人功夫白丁一云取難甚網珊瑚厥狀
復若何鬼工不可圖或拳若虺蜴或蹲如虎貙連絡若
鉤鏁重疊如萼跗或若巨人骼或如太帝符膀肛篔簹

笋格磔琅玕株斷處露海眼移來和沙鬚求之煩耄倪戴之勞舳艫通侯一以眄貴却驪龍珠厚賜以賝賚遠去窮京都五侯土山下要爾添嵒齬賞玩若稱意爵祿行斯須苟有王佐士崛起於太湖試問欲西笑得如茲石無

菴裏 傍龜山下有良田二十頃

菴裏何幽奇膏腴二十頃風吹稻花香直過龜山頂青苗細膩臥白羽悠溶静塍畔起鸊鷉田中通舴艋幾家

傍潭洞孤戍當林嶺罷釣時煮菱停繰或焙茗峭然八十老生計於此永苦力供征賦怡顏過朝暝洞庭取異事包山極幽景念爾飽得知亦是遺民幸

石板 在石公山前

翠石數百步如板漂不流空疑水妃意浮出青玉洲中若瑩龍劍外唯疊蛇矛狂波忽然死浩氣清且浮似將翠黛色抹破太湖秋安得三五夕携酒棹扁舟召取月夫人嘯歌於上頭又恐霄景闊虛皇拜仙侯欲建九錫

碑立當十二樓瓊文忽然下石板誰能留此事少知者

唯應波上鷗

奉和太湖詩二十首

初入太湖

東南具區雄天水合為一高帆大弓滿羿射爭箭疾時

當暑雨後氣象仍欝密乍如開彫笯音奴籠也聳翅忽飛出

行將十洲近坐覺八極溢耳目駭鴻濛精神寒佶栗坑

來斗呀豁涌處驚崖崒嶮異抜龍湫喧如破蛟室斯須

風妥帖若受命平秩微茫識端倪遠嶠疑格（音閣）筆巉巉
見銅闕（湖中穹崇山有銅闕）左右皆輔弼盤空儼相趨去勢猶橫
逆嘗聞咸池氣下注作清質至今涵赤霄尚且浴白日
（太湖上稟咸池五車之氣故一水五名也）又云構浮玉宛與崑閬匹肅為靈
官家此事難致詰（太湖乃仙家浮玉之北堂）纔迎沙嶼好指顧俄已
失山川互蔽虧魚鳥空聲（語麂反）耴（魚乙反）何當授真檢得
名天吳術一一問朝宗方應可譚悉

曉次神景宮

曉帆逗碕岸高步入神景灑灑襟袖清如臨蕋珠屏雖
然羣動息此地常寂靜翠鑷有寒鋝碧花無定影憑軒
羽人傲夾戸天獸猛稽首朝元君褰衣就虛省呀空雪
牙利漱水石齒冷香毋未垂嬰芝田不論頃遙通河漢
口近撫松桂頂飯薦七日蔬杯釃九光杏人間附塵躅
固陋真鉗頸肯信朴鼇傾猶疑夏蟲永玄津蕩瓊璧紫
汞啼金鼎盡出氷霜書期君一披省

入林屋洞

知名十小天林屋當第九人間三十六洞天知名者十耳餘二十六天出九微志未行於世題之為左神理之以天后林屋洞為左神幽虛之天即天后真君之便闕魁堆辟邪輩左右專備守自非方瞳人不敢窺洞口惟君好奇士復嘯忘情友致傘在風林低冠入雲竇中深劇苔井傍坎纔藥凹石角忽支頤藤根時東肘初為大怖畏漸見微明誘屹若造靈封森如達仙藪嘗聞白芝秀狀與琅花偶又坐紫泉先甘如酌天酒白芝紫泉皆此洞所出乃神仙之飲餌非常人所能得何人能挹嚼餌以代漿糗卻笑探五符徒

勞步雙斗真君不可見焚盥空遲久眷戀玉碣文行行
但迴首

雨中遊包山精舍

包山信神仙主者上真職及棲鐘梵侶又是清涼域乃
知烟霞地絶俗無不得岩開一徑分栢擁深殿黒僧居
若圖畫像古非雕刻海客施明珠湘蕤料平聲淨食有魚
皆玉尾有鳥盡金臆手携鞞鐸佉唐言揚枝若在中印國千
峯殘雨過萬籟清且極此時空寂心可以遺智識知君

戰未勝尚倚功名力却下聽經徒生公有聽經石孤帆有行色

毛公壇

古有韓終道授之劉先生身如碧鳳凰羽翼披風輕先生感驅役臣伏甲與丁勢可倒五岳不唯鞭犀靈飄颻駕翔螭白日朝太清空遺古壇在稠疊烟蘿屛遠懷步罡夕列宿森然明四角鎮露獸三層差羽嬰迴眸盼七炁運足馳踈星象外真既感區中道俄成邇來向千祀雲嶠空崢嶸石上橘花落石根瑶草青時時白鹿下此

外無人行我訪岑寂境自言齋戒精如今君安死字君安

魂魄猶瓊腥有笈皆綠字有芝皆紫莖相將望瀛島浩

蕩淩滄溟

三宿神景宮

靈蹤未遍尋不覺溪色暝迴頭問棲所稍下杉蘿徑岩

居更幽絶澗户相隱映過此即神宫虛堂愜雲性四軒

盡疎達一榻何清零去聲髣髴聞玉笙敲鏗動涼磬風凝

古松粒露壓修荷柄萬籟既無聲澄明但心聽希微辨

真語若授虛皇命尺宅披來平華池潄餘淨頻窺宿羽
霓三吸晨霞感豈獨冷衣襟便堪遺造請徒探物外趣
未脫塵中病舉手謝靈峰徜徉事歸榜

以毛公泉獻大司諫清河公

先生鍊飛精羽化成翩翻荒壇與古甃隱軫清泠存四
面蹙山骨中心含月魂除非紫水脉即是金沙源香賫
灑桂蕋甘唯漬雲根向來探幽人酌罷袪蒙昏況公珪
璋賫近處諫諍垣又聞虛靜姿早挂冰雪痕君對瑶華

味重獻蘭薰言當應滌煩暑朗詠翬飛軒我願得一掬
攀天叫重閣霏霏散為雨用以移焦原

縹緲峰

左右皆跳岑孤峯挺然起因思縹緲稱乃在虛無裏清
晨躋磴道便是孱顔始據石即更欲過泉還徙倚花竒
忽如薦樹曲渾成几樂靜烟霧知忘機猿狖喜頻攀峻
過斗末造平如砥舉首閬青冥迴眸聊下睇高帆大於
鳥廣墠徒旦反纔類蟻就此徼茫中爭先未嘗已葛洪話

罡氣去地四十里茍能乘之遊止若道路耳吾將自峰頂便可朝帝扆盡欲活羣生不唯私一己超騎明月輪復弄華星蕋却下蓬萊巔重窺清淺水身為大塊客自號天隨子他日向華陽敲雲問名字

桃花塢

行行問絶境貴與名相親空經桃花塢不見秦時人願此為東風吹起枝上春願此作流水潛浮蕋中塵願此為好鳥得棲花際鄰願此作幽蝶得隨花下賓朝為照

花日暮作涵花津試為採花士出作偷桃臣桃源不我棄庶可全天真

明月灣

昔聞明月灣（在建業故臺城）秖傷荒野基今逢明月灣不值三五時擇此二明月洞庭看最奇連山忽中斷遠樹分毫釐周迴二十里一片澄風漪見說秋半夜淨無雲物欺熏之星斗藏獨有神仙期初聞鍝鐐銚（音姚）積漸調參差空中皁羽衛波上停龍螭縱舞玉烟節高歌碧霜詞清

光悄不動萬象寒咿咿此會非俗致無絲得旁窺但當秉扁舟酒甕仍相隨或徹三弄笛或成數聯詩自然瑩心骨何用神仙為

練瀆 一云吳王閤以練兵

越恃君子衆大將壓全吳 越有私卒君子六千人 吳將派天澤以練舟師徒一鏡止千里支流忽然迂蒼㠥束洪波坐似馮夷軀戰艦百萬輩浮宮三十餘平川感丁寧絶島分儲胥鳳押半鶴膝錦杠雜肥胡香烟與殺氣浩浩隨風

驅彈射盡高鳥杯觥醉潛魚山靈恐見鞭水府愁為墟
兵利德日削反為饑國屠至今鈎鐵殘尚與泥沙俱照
此月倍苦來玆烟亦孤丁魂尚有淚合灑青楓枯

投龍潭

名山潭洞中自古多秘邃君將接神物聊用申祀事鎔
金象牙角尺木無不備亦既奉真官困之狗前志持來
展明誥敬以投嘉瑞鱗光煥水容月色娩山翠吾皇病
秦漢豈獨探怪異所貴風雨時民皆受其賜良田為巨

浸污澤成赤地掌職一不行精靈又何寄唯貪血食飽
但據驪珠睡何必費黃金年年授星使

孤園寺

浮屠從西來事者極梁武岩幽與水曲結構無遺土窮
山林榦盡竭海珠璣聚況即侍從臣敢愛烟波塢幡條
玉龍扣殿角金虬舞釋子厭樓臺生人露風雨今來四
百載像設藏雲浦輕鴿亂馴鷗鳴鐘和朝櫓庭蕉裂旗
旆野蔓差纓組石上解空人窓前聽經虎林葉爍如織

水淨沙堪數徧問得中天歸修釋迦譜

上真觀

嘗聞昇三清真有上中下官居乘佩服一一自相亞湘
裙或霞粲侍女忽玉姹坐進金碧腴去馳飈欻駕今來
上貞觀恍若心靈訝秖恐暫神遊又疑新雨化風餘撼
朱草雲破生瑶榭望極覺波平行虛信烟藉閑開飛龜
帙靜倚宿鳳架俗狀既能遺塵冠聊以卸人間方大火
此境無朱夏松蓋蔭日車泉紳拖天鏬窮幽不知倦復

息芝園舍鏘珮引涼姿焚香禮遥夜無情走聲利有志依閉暇何處好迎僧希將石樓借

銷夏灣

霞島焰難消雲峰奇未收蕭條千里灣獨自清如秋古岸過新雨高蘿陰橫流遥風吹蕙葭折處鳴颼颼昔予守圭竇過於回祿因日為籧篨(渠曲二音簟之異名)分作祇裯讐(低刀二音並單衣)顧狎寒水怪不封朱轂侯豈知烟浪涯坐可思重裘健若數尺鯉汎然雙白鷗不識號火井孰問

名焦丘我真魚鳥家盡室營扁舟遺名復避世消夏還
消憂

包山祠

靜境林麓好古祠烟霧濃自非通靈才敢陟羣仙峰百
里波浪沓中堂簫鼓重真君貝瓊轟髣髴來相從清露
濯巢鳥陰雲生畫龍風飄橘柚香日動幡蓋容將命禮
且潔所祈年不凶終當以疏聞特用諸侯封

聖姑廟

渺渺洞庭水盈盈芳嶼神因知古佳麗不獨湘夫人流蘇蕩遥吹斜嶺生輕塵蜀綵駮霞碎吳綃盤霧匀可憐飛燕姿合是乘鸞賓坐想烟雨夕兼之花草春空登油壁車窈窕誰相親好贈玉條脱堪攜紫綸巾殷勤撥香池重薦汀洲蘋明朝動蘭檝不翅星河津

太湖石

他山豈無石厥狀皆可薦端然遇良工坐使天質變或裁基棟宇礧砢成廣殿或剖出温瑜精光具華瑱或將

破仇敵百礮資苦戰或用鏡功名萬古如會面今之洞
庭者一以非此選槎牙真不材反作天下彥所奇者嵌
崆所尚者葱蒨旁穿參洞穴內竅均環釧刻削九琳窓
玲瓏五明扇新雕碧霞段旋剖秋天片無力置池塘臨
風只流眄

卷裏

山横路若絕轉檝逢平川川中水木幽高下萬良田溝
塍隆徼溜桑柘含疎烟處處倚蠶箔家家下魚筌騃犢

卧新菝野禽争折蓮試掐搔首翁共語殘陽邊今來九州内未得皆恬然賊陣始吉語狂波又凶年吾翁欲何道守此常安眠笑我棹頭去蘆中聞刺船余知隱地術可以齊真仙終當從之遊庶復全於天

石板

一片倒山屏何時隳洞門屹然空澗中萬古波濤痕我意上帝命持來壓泉源恐為庚辰宮因怪力所掀又疑廣裒次零落潛驚奔不然遭霹靂强半沉無垠如何遺

化首便截秋雲根往事不足問奇蹤安可論吾今病煩

暑據簟常昏昏欲從石公乞石板在石公山前瑩理平如瑞前

後植桂檜東西置琴樽盡携天壤徒浩唱羲皇言

松陵集卷三

欽定四庫全書

松陵集卷四

唐 陸龜蒙 編

往體詩一百十二首

漁具詩并序

天隨子歠於海山之間有年矣矢魚之具莫不窮極其趣大凡結繩持綱者總謂之網罟網罟之流曰罛曰罾曰罺側交反圜而縱捨曰罩挾而昇降曰罱女減反緡而竿

者總謂之筌筌之流曰筒曰車橫川曰梁承虛曰笱編而沈之曰箄（音罩）矛而卓之曰䂾（音冊矛也）棘而中之曰叉鏃而綸之曰射扣而駭之曰根（以薄板置瓦器上擊之以驅魚）罝而守之曰神（鯉魚滿三百六十歲蛟龍輒率而飛去置一神守之則不能去矣神龜也）列竹於海澨曰滬（吳之滬瀆是也）錯薪於水中曰槮（音槮）所載之舟曰舴艋所貯之器曰笭箵其他或術以招之或藥而盡之皆出于詩書雜傳及今之聞見可考而驗之不誣也今擇其任詠者作十五題以諷噫矣魚之具也如此予既歌之矣

矣民之具也如彼誰其嗣之鹿門子有高灑之才必為
我同作
網
大罟網目繁空江波浪黑沈沈到波底恰共波同色牽
時萬鬐入已有千鈞力尚悔不橫流恐他人更得
罩
左手揭圓罩輕橈弄舟子不知潛鱗處但去籠烟水時
穿紫屏破忽值朱衣起松江有朱衣鮒貴得不貴名敢論魴與

鯉屏一作萍

罟

有意烹小鮮乘流駐孤棹雖然頻取舍未肯求津要多為蝦蜆誤已分鵁鶄笑寄語龍伯人荒唐不同調

釣筒

短短截筠光悠悠卧江色蓬差櫓相應雨慢烟交織須臾中芳餌迅疾如飛翼彼竭我還浮君看不爭得

釣車

溪上持隻輪溪邊指茅屋閒乘風水便敢議朱丹轂高
多倚衡懼下有折軸速曷若載逍遥歸來卧雲族

魚梁

能編似雲薄横絶清川口缺處欲隨波波中先置笱投
身入籠檻自古難飛走盡日水濱吟殷勤謝漁叟

又魚

春溪正含緑良夜才參半持矛若羽輕列燭如星爛傷
鱗跳密藻碎首沈遥岸盡族染東流傍人作佳翫

射魚

彎弓注碧潯掉尾行涼止青楓下晚照正在澄明裏抨絃斷荷扇濺血殷菱蕋若使禽荒聞移之暴烟水

鳴根

水淺藻荇澁鈎罩無所及鏗如木鐸音勢若金鉦急敺之就深處用以資俯拾搜羅爾甚微遁去將何入

滬 吳人今謂之簖

萬植禦洪波森然倒林薄千顱咽雲上過半隨潮落其

聞風信背更值雷聲惡天道亦衰多吾將移海若

槮 吳人今謂之叢

斬木置水中枝條互相蔽寒魚遂家此自以為生計春冰忽融治盡取無遺裔所託成禍機臨川一凝睇

種魚

鑿池收頳鱗踈踈置雲嶼還同汗漫遊遂以江湖處如非一神守潛被蛟龍主蛟龍若無道跛鼈亦可禦

藥魚

香餌綴金鈎日中懸者幾盈川是毒流細大同時死不唯空飼犬便可將貽蟻苟貪竭澤心其他盡如此

舴艋

蓬棹兩三事天然相與間朝隨稚子去暮唱菱歌還倚石遲後侶徐橈傍遠山君看萬斛載沈溺須臾間

笭箵

誰謂笭箵小我謂笭箵大咸魚自足飱寘壁能為害時將刷蘋浪又取懸藤帶不及腰上金何勞問蓍蔡

奉和漁具十五詠　皮日休

網

晚挂溪上網映空如霧縠閑來發其機旋旋沈平緑下處若烟雨簟時似崖谷必若遇鯤鮞從教通一目

罩

芒鞋下葑中步步沈輕罩既為菱浪飐亦被蓮泥膠人立獨無聲魚煩似相抄滿手搦霜鱗思歸舉輕棹

罟

烟雨晚來好東塘下罟去網小正星穗舟輕欲騰翥誰
知荇深後恰值魚多處浦口更有人停橈一延竚

釣筒

籠籦截數尺標置能幽絶從浮笠澤烟任卧桐江月絲
隨碧潭漫餌逐清灘發好是趣筒時秋聲正清越

釣車

得樂湖海志不厭華輈小月中抛一聲驚起灘上鳥心
將潭底測手把波文褭何處覔奔車平波今渺渺

魚梁

波際插翠筠離離似清籞遊鱗到溪口入此無逃所斜臨楊柳津靜下鸕鷀侶編此欲何之終焉富春渚

又魚

列炬春溪口平潭如不流照見遊泳魚一一如清畫中目碎瓊碧毀鱗殷組繡樂此何太荒居然愧川后

射魚

注矢寂不動澄潭晴轉烘下窺見魚樂恍若翔在空驚

羽決凝碧傷鱗浮殷紅堪將指杯術授與太湖公

鳴根

盡日平湖上鳴根仍動槳丁丁入波心澄澈和清響鷺聽獨寂寞魚驚昧來往盡水無所逃川中有鉤黨

滬

波中植甚固磔磔如蝦鬚濤頭倏爾過數頃跳鯆⿰魚孚音遒夫不是細羅密自為朝夕驅空憐指魚命遣出海邊租

䈰

伐彼槎孽枝放於氷雪浦遊魚趂暖處忽爾來相聚徒
為棲託心不問庇庥主一旦懸鼎鑊禍機真自取

種魚

移土湖岸邊一半和漁子池中得春雨點點活如蟻一
月便翠鱗終年必赬尾借問兩綬人誰知種魚利

藥魚

吾無竭澤心何用藥魚藥見說放溪上點點波光惡食
時競夷猶死者爭紛泊何必重傷魚毒涇猶可作

舴艋

闊處只三尺翛然足吾事低篷挂釣車枯蚌盛魚餌只好攜橈坐唯堪蓋簑睡若遣遂平生艅艎不如是

笭箵

朝空笭箵去暮實笭箵歸歸來倒却魚挂在幽窗扉但聞蝦蜆氣欲生蘋藻衣十年佩此處烟雨苦霏霏

添漁具詩 并序　　皮日休

天隨子為漁具詩十五首以遺余凡有漁已來術之與

器莫不盡於是也噫古之人或有溺於漁者行其術而不能言用其器而不能狀此與澤助之獻者又何異哉如吟魯望之詩想其致則江風海雨槭槭生齒牙間真世外漁者之才也余昔之漁所在洞上則為菴以守之居峴下則占磯以待之江漢間時候率多雨唯以籉笠不能庇其上繇是織篷以障之上抱而下仰字之曰背篷今觀魯望之十五篇未有是作因次而詠之用以補其遺者漁家生具獲足於吾屬之文也

漁菴

菴中只方丈恰稱幽人住枕上悉魚經門前空釣具束竿將倚壁矖網還侵户上洞有楊顒須留往來路

釣磯

盤灘一片石置我山居足窪處著筣笓（桂苑云取叚具）籔中維艒䑿多逢沙鳥污愛被潭雲觸狂奴卧此多所以踏帝腹

蓑衣

一領蓑正新著來沙塢中隔溪遥望見疑是緑毛翁襟
色裛褋（直葉反）靄袖香襹褷風前頭不施衮何以為三公

篛笠

圓似寫月魂輕如織烟翠涔涔向上雨不亂窺魚思攜
來沙日微挂處江風起縱戴二梁冠終身不忘爾

背篷

儂家背篷樣似個大龜甲雨中跼蹐時一向聽霎霎甘
從魚不見亦任鷗相狎深擁竟無言空成睡齁䶎（上虛溝反）

下虛甲反

奉和添漁具五篇

漁菴

結茅次烟水用以資嘯傲豈謂釣家流忽同禪室號閑憑山叟占晚有溪禽嫪華屋莫相非各隨吾所好

釣磯

揀得白雲根秋潮未曾没坡陁坐鼇背散漫垂龍髮持竿從掩霧置酒復待月即此放神情何勞適吾越

蓑衣

山前度微雨不廢小澗漁上有青襏襫下有新腒跡滴

瀝珠影活離披嵐彩虛君看荷製者不得安吾廬

篛笠

朝攜下楓浦晚戴出烟艇冐雪或平簷聽泉時仄頂颸

移靄然色波亂危如影不識九衢塵終年居下洞

背篷

敏手傍江篘隨身織烟殼沙禽固不知釣伴猶初覺閒

從翠微拂靜唱滄浪濯見說萬山潭漁童盡能學

樵人十詠并序

環中先生謂天隨子曰子與鹿門子應和為漁具詩信盡其道而美矣世言樵漁者必聯其命稱且常為隱君子事詩之言錯薪禮之言負薪傳之言積薪史之言束薪非樵者之實乎可不足以寄興詠獨缺其詞耶退作十樵以補其闕漏寄鹿門子

樵谿

山高谿且深蒼蒼但羣木抽條欲千尺衆亦疑樸樕一
朝嘗翦伐萬古辭林麓若遇燎玄穹微烟出雲族

樵家

草木黄落時比鄰見相喜門當清澗盡屋在寒雲裏山
棚日纔下野竈烟初起所謂順天民唐堯亦如此

樵叟

自小即胼胝至今凋鬢髮所圖山褐厚所愛山爐熱不
知冠蓋好但信烟霞活富貴如疾顛吾從老岩穴

樵子

生自蒼崖邊能諳白雲養（去聲山家謂養柴地為養）纔穿遠林去已在孤峯上薪和野花束步帶山詞唱日暮不歸來柴扉有人望

樵徑

石脉青靄間行行自幽絶方愁山繞繚更值雲遮截爭推好林浪共約歸時節不似名利途相期覆車轍

樵斧

淬礪秋水清攜持遠水曙丁丁在前澗杳杳無尋處巢
傾鳥猶在樹盡猿方去授鉞者何人吾方易其慮

樵擔

輕無斗儲價重則筋力絶欲下半巖時憂襟兩如結風
高埶還却雪厚疑中折負荷誠獨難移之贈來哲

樵風

朝隨早潮去暮帶殘陽迈向背得清颷相追無近遠採
山一何遂服道常苦蹇仙術信能為年華未將晚

樵火

積雪抱松塢蠹根然草堂深爐與遠燒此夜仍交光或
似坐奇獸或如焚異香堪嗟宦遊子凍死道路傍

樵歌

縱調為野吟徐徐下雲磴因知負樵樂不減援琴興出
林方自轉隔水猶相應但取天壤情何求郢人稱

奉和樵人十詠

樵谿

何時有此谿應便生幽木橡實養山禽藤花豢澗鹿不止産蒸薪願當歌棫樸君知天意無以此安吾族

樵家

空山最深處太古兩三家雲蘿共夙世猨鳥同生涯衣服濯春泉盤飧烹野花居茲老復老不解嘆年華

樵叟

不曾照青鏡豈解傷華髮至老未息肩至今無病骨家風是林嶺世祿為薇蕨所以兩大夫天年為自伐

樵子

相約晚樵去跳踉上山路将花餌鹿麛以果投猿父東薪白雲濕負擔春日暮何不壽童烏果為玄所誤

樵徑

蒙蘢中一徑繞在千峯裏歌處遇松陰危中值石齒花穿衣落雲拂芒鞵起自古行此途不聞顛與墜

樵斧

腰間插大柯直入深谿裏空林伐一聲幽鳥相呼起倒樹

去李父傾巢啼木魅不知仗鉞者除害誰如此

樵擔

不敢量樵重唯知益薪束軋軋下山時彎彎向身曲清泉洗得潔翠靄侵來緑看取荷戈人誰能似吾屬

樵風

野船渡樵客來往平波中縱横清飈吹旦暮歸期同蘋光蒼衣白蓮影涵新紅吾當請封爾號作鏡湖公

樵火

山客地爐裏燃新如陽輝松膏作滲思反有瀢杉子為珠璣響誤擊刺鬧熠疑孛彗飛傍邊暖白酒不覺瀑冰垂

樵歌

此曲太古音繇來無管奏多云採樵樂或説林泉侯一唱疑閑雲再謡悲顧獸若遇採詩人無辭收鄙陋

酒中十詠并序

鹿門子性介而行獨於道無所全於才無所全於進無所全於退無所全豈天民之惷者耶然進之與退天行

未覺於余也則有窮有厄有病有殆果安而受耶未若全於酒也夫聖人之誡酒禍也大矣在書為沈湎在詩為童羖在禮為豢豕在史為狂藥余飲至酣徒以為融肌柔神消沮迷喪頹然無思以天地大順為隄封傲然不持以洪荒至化為爵賞抑無懷氏之民乎葛天氏之臣乎苟沈而亂狂而詬禍而族真蚩蚩之為也若余者於物無所斥於性有所適真全於酒者也噫天之不全余也多矣獨以麴櫱全之抑天猶幸於遺民焉太玄曰

君子在玄則正在福則沖在禍則反小人在玄則邪在福則驕在禍則窮余之於酒得其樂人之於酒得其禍亦若是而已矣於是徵其具悉為之詠用繼東皐子酒譜之後夫酒之名名天有星地有泉人有鄉今總而詠之者亦古人初終必全之義也天隨子深於酒道寄而請之和

酒星

誰遣酒旗耀天文列其位彩微嘗似酣芒弱偏如醉唯

憂犯帝座只恐騎天駟若遇卷舌星讒君應墮地

酒泉

羲皇有玄酒滋味何太薄玉液是澆漓金沙乃糟粕春從野鳥沽晝任閒猨酌我願葢玆泉醉䰟似鳬躍

酒篘

翠篾初織來或如古魚器新從山下買靜向甔中試輕可網金醅疎能容玉蟻自此好成功無貽我罍恥

酒牀

槽牀帶松節酒膩肥於羜滴滴連有聲空疑杜康語開
眉既壓後染指偷嘗處自此得公田不過渾種黍

酒鑪

紅鑪高幾尺頗稱幽人意火作縹醪香灰為冬醞氣有
鎗盡龍頭有主皆犢鼻倘得作杜根傭保何足愧

酒樓

鉤楯跨通衢喧閙當九市金罍瀲灩後玉斝紛綸起舞
蝶傍應酣啼鶯閙亦醉野客莫登臨相讐多失意

酒旗

青幟闊數尺懸於往來道多為風所颺時見酒名號拂

拂野橋幽翻翻江市好雙眸復何事終竟望君老

酒樽

犧樽一何老我抱期幽客少恐消醍醐滿疑烘琥珀猨

窺曾撲瀉鳥踏經欹仄度度醒來看皆如死生隔

酒城

萬仞峻為城沈酣浸其俗香侵井幹過味染濠波淥朝

傾踰百榼暮壓幾千斛吾得隸此中但為闇者足

酒鄉

何人置此鄉杳在天皇外有事忘哀樂有時忘顯晦如

尋罔象歸似與希夷會從此共君遊無煩用冠帶

奉和酒中十詠

酒星

萬古醇酎氣結而成晶熒降為嵇阮徒動與樽罍并不

獨祭天廟亦應邀客星何當八月槎載我遊青冥

酒泉

初懸碧崖口漸注青谿腹味既敵中山飲寧拘一斛春
疑浸花骨暮若酣雲族此地得封侯終身持美禄

酒篘

山齋醞方熟野童編近成持來歡伯内坐使賢人清不
待盎中滿旋供花下傾汪汪日可挹未羨黄金籯

酒牀

六尺樣何奇溪邊濯來潔糟深貯方半石重流還咽閒

移秋病可偶聽寒䖝缺往往枕眠時自疑陶靖節

酒壚

錦里多佳人當壚自沽酒高低過反坫大小隨圓甒

錢紅燭下滌器春江口若得奉君歡十千求一斗

酒樓

百尺江上起東風吹酒香行人落帆上遠樹涵殘陽凝

睇復凝睇一觴還一觴須知凭欄客不醉難為腸

酒旗

搖搖倚青岸遠蕩遊人思風欹翠竹杠雨澹香醪字纔來隔烟見已覺臨江遲大旆非不榮其如有王事

酒樽

黃金即為侈白石又太拙斲得奇樹根中如老蛟穴時招山下叟共酌林間月盡醉兩忘言誰能作天舌

酒城

何代驅生靈築之為釀地殊無甲兵守但有糟漿氣雉堞屹如狂女墻低似醉必若攄而爭先登儀狄氏

酒鄉

誰知此中路暗出虚無際廣莫是鄰封華胥為附麗三杯聞古樂伯雅逢遺裔自爾等榮枯何勞問玄弟

添酒中六詠并序

鹿門子示予酒中十詠物古而詞麗旨高而性真可謂窮天人之際矣予既和而且曰昔人之於酒有注為池而飲之者象為龍而吐之者清盜甕間而卧者將實舟中而浮者可為四荒矣徐景山有酒鎗嵇叔夜有酒杯

皆傳於後代可謂二高矣四荒不得不剌二高不得不頌更作六章附於末云

酒池

萬斛輸曲沼千鍾未為多殘霞入醍齊遠岸澄白鄧后土亦沉醉姦臣空浩歌邇來荒淫君尚得乘餘波

酒龍

銅雀羽儀麗金龍光彩奇潛傾鄴宮酒忽似商庭糵若怒鱗甲赤如酣頭角垂君臣坐相滅安用驕奢為

酒甕

候煖麴蘖調覆深苫蓋浄溢處每淋漓沈來還濎濙嘗聞清涼酎可養希夷性盜飲以為名得非君子病

酒船

昔人性何誕欲載無窮酒波上任浮身風來即開口荒唐意難遂沈湎名不朽千古如比肩問君能繼不

酒鎗

景山實名士所玩垂清塵嘗作酒家語自言中聖人奇

器質含古拙糟味應醇唯懐魏公子即此飛觴頻

酒杯

叔夜傲天壤不将琴酒踈製為酒中物恐是琴之餘一弄廣陵散又裁絶交書頽然擲林下身世俱何如

奉和添酒中六詠　皮日休

酒池

八齋競奔注不知深幾丈竹葉島紆徐蒠花波蕩漾蒠花醺應爛地軸浸可柔天壤以此獻吾君願銘

酒名出梁簡文帝集

於几杖

酒龍

銅為蚴蟉鱗鑄作鱙蟉角吐處百里雷瀉時千丈壑初疑潛苑囿忽似拏寥廓遂使銅雀臺香消野花落

酒甕

堅淨不苦窳陶於醉封疆臨溪刷舊痕隔屋聞新香移來近麴室倒處臨糟牀所嗟無比鄰余亦能偷嘗

酒船

剡桂復刳蘭陶陶任行樂但知涵泳好不計風濤惡嘗
行麴封内稍繫糟丘泊東海如可傾乘之就斟酌

酒鎗

象鼎格仍高其中不烹飪唯將煮濁醪用以資酣飲徧
宜旋樵火稍近餘醒枕若得伴琴書吾將著閒品

酒杯

昔有嵇氏子龍章而鳳姿手揮五絃罷聊復一樽持但
取性澹泊不知味醇醨茲器不復見家家唯玉巵

茶中雜詠并序　　皮日休

案周禮酒正之職辯四飲之物其三曰漿又漿人之職共王之六飲水漿醴涼醫酏入於酒府鄭司農云以水和酒也葢當時人率以酒醴為飲謂之六漿酒之醨者也何得姬公製爾雅云檟若茶即不擷而飲之豈聖人純於用乎抑草木之濟人取捨有時也自周已降及于國朝茶事竟陵子陸季疵言之詳矣然季疵以前稱茗飲者必渾以烹之與夫瀹蔬而啜者無異也季疵之始

為經三卷繇是分其源制其具教其造設其器命其煮俾飲之者除痟而去癘雖疾醫之不若也其為利也於人豈小哉余始得季疵書以為備矣後又獲其顧渚山記二篇其中多茶事後又太原温從雲武威段碣之各補茶事十數節並存於方冊茶之事繇周至于今竟無纖遺矣昔晉杜育有荈賦季疵有茶歌余缺然於懷者謂有其具而不形於詩亦季疵之餘恨也遂為十詠寄

天隨子

茶塢

閒尋堯氏山遂入深深塢種時已成園栽葭寧記畝石窪泉似掬岩罅雲如縷好是夏初時白花滿烟雨茶經云其花白如薔薇

茶人

生於顧渚山老在漫石塢語氣為茶荈衣香是烟霧庭從櫔子遮女耿櫔反其木如玉色楮人以為杖果任獳師虜日晚相笑歸腰間佩輕簍

茶筍

褎然三五寸生必依岩洞寒恐結紅鉛暖疑銷紫汞圓
如玉軸光脆似瓊英凍每為遇之踈南山挂幽夢

茶籝

筤篣曉攜去驀個山桑塢開時送紫茗負處沾清露歇
把傍雲泉歸將挂烟樹滿此是生涯黃金何足數

茶舍

陽崖枕白屋幾口嬉嬉活棚上汲紅泉焙前蒸紫蕨乃

翁研茗後中婦拍茶歌相向掩柴扉清香滿山月

茶竈

南山茶事動竈起岩根傍水煮石髮氣薪然杉脂香青瓊蒸後凝綠髓炊來光如何重辛苦一一輸膏粱

茶焙

鑿彼碧岩下恰應深二尺泥易帶雲根燒難礙石脉初能燥金餅漸見乾瓊液九里共杉林皆焙名相望在山側

茶鼎

龍舒有良匠鑄此佳樣成立作菌蠢勢煎為潺湲聲草
堂暮雲陰松窻殘雪明此時勺複茗野語知逾清

茶甌

邢客與越人皆能造兹器圓似月魂墮輕如雲魄起棗
花勢旋眼蘋沫香沾齒松下時一看支公亦如此

煮茶

香泉合雲乳煎作連珠沸時看蟹目濺乍見魚鱗起聲
疑帯松雨餑恐生烟翠儻把瀝中山必無千日醉

奉和茶具十詠

茶塢

茗地曲隈回野行多繚繞向陽就中密背澗差還少遥盤雲髻慢亂簇香篝小何處好幽期滿巖春露曉

茶人

天賦識靈草自然鍾野姿閒來北山下似與東風期雨後探芳去雲間幽路危唯應報春鳥得共斯人知（顧渚山有報春鳥）

茶筍

所孕和氣深時抽玉苕短輕烟漸結華嫩蕊初成管尋來青靄曙欲去紅雲煖秀色自難逢傾筐不曾滿

茶籯

金刀劈翠筠織似波文斜製作自野老攜持伴山娃昨日鬬烟粒今朝貯緑華爭歌調笑曲日暮方還家

茶舍

旋取山上材架為山下屋門因水勢斜壁任岩隈曲朝

隨鳥俱散暮與雲同宿不憚採掇勞秖憂官未足

茶竈（經云茶竈無突）

無突抱輕嵐有烟映初旭盈鍋玉泉沸滿甑雲芽熟奇香襲春桂嫩色淩秋菊煬者若吾徒年年看不足

茶焙

左右擣凝膏朝昏布烟縷方圓隨樣拍次第依層取山謠縱高下火候還文武見說焙前人時時炙花脯（紫花焙人以花為脯）

茶鼎

新泉氣味良古鐵形狀醜那堪風雪夜更值烟霞友曾過頳石下又住清溪口（頳石清溪皆江南出茶處）且共薦臯盧（茶名）何勞傾斗酒

茶甌

昔人謝塸埞徒為妍詞飾（劉孝威集有謝塸埞啟）豈如珪璧姿又有烟嵐色光參筠席上韻雅金罍側直使于闐君從來未嘗識

煮茶

閒來松間坐看煮松上雪時於浪花裏併下藍英末傾餘精爽健忽似氣埃滅不合别觀書但宜窺玉札

欽定四庫全書

松陵集卷五

唐 陸龜蒙 編

今體五言詩六十八首

武丘寺殿前有古杉一本形狀醜怪圖之不盡況百卉競媚若妒若娼唯此杉死抱奇節髐然闒然不知雨露之可生也風霜之可瘁也乃造化者方外之材乎遂賦三百言以見志

皮日休

種日應逢晉枯來必自隋鰐狂將立處螭鬬未開時卓犖擲槍榦乂牙東戟枝初驚蟉篆活復訝獝狂癡勁質如堯瘦貞容學舜黴勢能擒土伯醜可駭山祇虎爪拏岩穩虯身脫浪欹槎頭禿似刷栟[illegible]利於錐突兀方相脛鱗皴夏氏胝根應藏鬼血柯欲漏龍漦拗似神荼怒呀如猰貐飢朽癰難可吮枯瘇不堪治一炷玄雲拔三尋黑矟奇狼頭𣪍穿豎蠆尾掘攣垂目燥那逢燿心開

豈中鈹任苔為疥癬從蠹作瘡痍品格齊遼寉年齡等寶龜將懷縮地力欲負拔山姿未倒防風骨初僵負貳屍漆書明古本鐵室抗全師碨磊還無極伶俜又莫持堅應敵駿骨文定寫甝皮蟠屈愁凌刹騰驤恐攫池搶烟寒巀嶭披蔦靜褵褷威仰誠難識勾芒恐不知好燒胡律看堪共達多期寡色諸芳笑無聲衆籟凝終添八柱位未要一繩維盡日來唯我當春歆更誰他年如入用直構太平基

奉和古杉三十韻

衆木盡相遺孤杉獨任奇揷天形硉兀當殿勢攲危恐是夸娥怒教臨巘辟衰節穿開耳目根瘿坐熊羆世只論榮落人誰問等衰初危反有巔從日上無葉與秋欺虎搏應難動鵰蹲不敢遲戰鋒新缺齾燒岸黑黝黮鬬死龍骸雜爭奔鹿角差肱銷洪水腦稜聳梵天着礫索珊瑚湧森嚴獬豸窺向空分犖指衝浪出鯨鬐楊僕船橦在蚩尤陣纛隳下連金粟固高用鐵蔆披挺若苻堅棰

浮於祖納椎崢嶸驚露寉𧾩趚閡雲螭傍守將支壓撐
霄欲抵巇背交蟲臂揭相向鶻拳追格音閣筆巷初加反猶
立階于卓未麾鬼神應暗畫風雨恐潛移已覺寒松伏
偏宜后土疲好邀清嘯傲堪映古茅茨材大應容蝎年
深必孕夔後雕依佛氏初植必僧彌寺即東晉王家別墅僧彌王珉小字
擁腫煩莊辯槎牙費庚詞詠多靈府困搜苦化權畀類
既區中寡朋當物外推蟠桃標日域珠草侍仙擬真宰
誠求夢春工幸可毉若能噓嶰竹猶足動華滋

四明山詩并序

謝遺塵者有道之士也嘗隱於四明之南雷一旦訪予來語不及世務且曰吾得於玉泉生知予性誕逸樂神仙中書探海岳遺事以期方外之交雖銅墻鬼炊虎獄劒餌無不窺也已上八言謝語不知所謂者何一云出隱中書今為予語吾山之奇者有峯最高四穴在峯上每天地澄霽望之如牖戶相傳謂之石窗即四明之目也山中有雲不絕者二十里民皆家雲之南北每相從謂之過雲有鹿亭有樊

樹有潺湲洞木實有青檽子味極甘而堅不可卒破有猿山家謂之鞠侯其他在圖籍不足道也凡此佳處各為我賦詩予因作九題題四十字謝省之曰玉泉生真不誣矣好事者為予傳之因呈龔美

石窓

石窗何處見萬仞倚晴虛積靄迷青瑑殘霞動綺疏山應列圓嶠宮便接方諸秪有三奔客時來敎隱書

過雲

相訪一程雲雲深路僅分嘯臺隨日辨樵斧帶風聞曉
著衣全溼寒衝酒不醺幾迴歸思靜髣髴見蘇君

雲南

雲南更有溪丹礫盡無泥藥有巴賨賣枝多越鳥啼夜
清先月午秋近少嵐迷若得山顏住芝䇲手自攜

雲北

雲北是陽川人家洞壑連壇當星斗下樓掇翠微邊一
半遙峯雨三條古井烟金庭如有路應到左神天

鹿亭

鹿亭巖下置時領白麛過草細眠應久泉香飲自多認聲來月塢尋跡到烟蘿早晚吞金液騎將上絳河

樊榭

樊榭何年築人應白日飛至今山客說時駕玉麟歸乳蔕緣松嫩芝臺出石徹憑欄虛目斷不見羽華衣

潺湲洞

石淺洞門深潺潺萬古音似吹雙羽管如奏落霞琴倒

穴漂龍沫穿松濺霍襟何人乘月弄應作上清吟

青檽子

山實號青檽環岡次第生外形堅緑殼中味敵瓊英墮石樵兒拾敲林宿鳥驚亦應仙吏守時取薦層城

鞠侯

何事鞠侯名先封在四明但為連臂飲不作斷腸聲野蔓垂纓細寒泉佩玉清滿林遊宦子誰為作君卿

奉和四明山九題　　皮日休

石窗

窗開自眞穿四達見蒼崖苔染渾成綺雲漫便當紗櫺中空吐月蔴際不扃霞未會通何處應連玉女家

過雲

粉洞二十里當中幽客行片時迷鹿跡寸步隔人聲以杖探虛翠將襟惹薄明經時未過得恐是入層城

雲南

雲南背一川無鴈到峯前墟里生紅藥人家發白泉兒

童皆似古婚嫁盡如仙共作真官户無縣税石田

雲北

雲壯晝冥冥空疑背壽星犬能諳藥氣人解寫芝形野

歇遇松蓋醉書逢石屏焚香住此地應得入金庭

鹿亭

鹿羣多此住因構白雲楣待侣傍花久引麛穿竹遲經

時掊玉澗盡日嗅金芝為在石窻下成仙自不知

樊榭

主人成列仙故樹獨依然石洞閑人笑松聲驚鹿眠井
香為大藥寉語是靈篇欲買重棲隱雲峯不售錢

潺湲洞

陰宮何處源到此洞潺湲敲碎一輪月鎔銷半段天響
高吹谷動勢急歕雲旋料得深秋夜臨流盡古仙

青檽子

山風熟異果應是供真仙味似雲腴美形如玉腦圓銜
來多野寉落處半靈泉必共玄都榛花開不記年

鞠侯

堪羡鞠侯國碧巖千萬重烟蘿為印綬雲壑是提封泉遺狙公護果教獋子供爾徒如不死應得躡玄蹤

五䎲詩并序　　皮日休

毘陵處士魏君不琢氣真而志放居毘陵凡二紀閉門窮學是乎里民不得以師之非乎里民不得以訾之用之不難進利之被人也捨之不難退辱非及已也噫古君子處乎進退而全者繇此道乎抑夷之隘惠之不恭

不能造于是也江南秋風時鱸肥而難釣蒓脆而易挽不過乘短艄方言曰船短而深者謂之艄音步載一瓢酒加以隱具繇五瀉涇入震澤穿松陵抵杭越耳日休甞聞道於不琢敢不求雅物成雅思乎於是買釣船一修二丈闊三尺施篷以庇烟雨謂之五瀉舟天台杖一色黳而力遒謂之華頂杖有龜頭山疊石硯一高不二寸其仞數百謂之太湖硯有桐廬養和一怪形拳跼坐若變去謂之烏龍養和有南海鯊魚殼樽一澀鋒𧄍角內玄外黄謂之

訶陵樽皆寄于不琢行以資雲水之興止以益琴籍之玩真古人之雅貺也因思秉韋之義不過于詞遂為五篇目之曰五貺兼請魯望同作

五瀉舟

何事有青錢因人買釣船闊容兼餌坐深許共蓑眠短好隨朱鷺輕堪倚白蓮自知無用處却寄五湖仙

華頂杖

金庭仙樹枝道客自携持探洞求丹粟挑雲覓白芝量

泉將濯足闌寉把支頥以此將為贈唯君盡得知

太湖硯

求於花石間怪狀乃天然中瑩五寸劍外差千疊蓮月融還似洗雲溼便堪研寄與先生後應添内外篇

烏龍養和

壽木拳數尺天生形狀幽把疑傷廸節用恐破蛇瘤置合月觀内買須雲肆頭料君携去處烟雨太湖舟

訶陵樽

一片黌魚㲉其中生翠波買須饒紫貝用合對紅螺盡
瀉判狂藥禁敲任浩歌明朝與君後爭那玉山何

奉和五䙝詩

五瀉舟

棹自桐川得詞因隱地成好漁翁亦喜新白鳥還驚沙
際擁江沫渡頭横雨聲尚應嫌越相遺禍不遺名

華頂杖

萬古陰崖雪靈根不為枯瘦於霜崔脛奇似黑龍鬚拄

訪譚玄客持看潑墨圖湖雲如有路兼可到仙都

太湖硯

誰截小秋灘閒窺四緒寬繞為千嶂遠深置一潭寒坐久雲應出詩成墨未乾不知新博物何處擬重刊

烏龍養和

養和名字好偏寄道情深所以親逋客兼能助五禽倚肩滄海望鈎膝白雲吟不是逍遥侶誰知世外心

訶陵樽

魚骼匠成樽猶殘海浪痕外堪欺玳瑁中可酌崑崙酒名

水繞苔磯曲山當草閣門此中醒復醉何必問乾坤

早春病中書事寄魯望　皮日休

眼暈見雲母耳虛聞海濤惜春狂似蝶養病躁於猱

静方書古堂空藥氣高可憐真宰意偏解困吾曹

奉詶

秪貪詩調苦不計病容生我亦休文瘦君能叔寶清藥

須勤一服春莫累多情欲入毘耶問無人敵淨名

又寄次前韻　　皮日休

病根冬養得春到一時生眼暗憐晨慘心寒怯夜淒

仍嫌酒癖醫又禁詩情應被高人笑憂身不似名

又詶次韻

從來多遠思尤向靜中生所以令心苦還應是骨清酒

香偏入夢花落又關情積此風流事爭無後世名

新秋言懷寄魯望三十韻　　皮日休

新秋入破宅蹤濬若平郊戶牖深如窟詩書亂似巢移

牀驚蟯蟀拂匣動蠨蛸靜把泉華掬閒拈乳管敲檜身
渾箇矮石面得能頫小桂如拳葉新松似手梢雀鳴轉
清角鶻下撲金髆合藥還慵服為文亦懶抄煩心入夜
醒疾首帶涼抓杉葉尖於鏃藤絲韌似鞘債田含紫芊
低蔓隱青匏老栢渾如癠陰茗忽似膠王餘落敗壍胡
孟入空庖度日忌冠帶經時憶酒看有心同木偶無舌
竝金鐃興欲添玄測狂將換易爻達人唯落落俗士自
譊譊底力將排難何顔用解嘲欲銷毀後骨空轉坐來

胞猶豫應難抱狐疑不易包等閒逢毒蠚容易遇咆哮
時事方千蝎公途正二崤名徽甘世棄性拙任時拋白
日須授分青雲合定交仕應同五柳歸莫捨三茅澗鹿
從來去烟蘿任溷殽徂公鬧後戲雲母病來藥從此居
方丈終非競斗筲道窮應鬼遺性拙必天教無限踈慵
事憑君解一咆

奉和新秋言懷三十韻次韻

身閒唯愛靜籬外是荒郊地僻憐同巷庭喧厭累巢岸

聲搖舴艋窗影辦蠨蛸徑秖溪禽下闗唯野客敲竹罔
從古凸池緣本來嶺早藕孽霜節涼花束紫梢漁情隨
錘網獵興起鳴髆好夢經年說名方著處抄才疎惟自
補技癢欲誰抓窗靜常懸蘿鞭閒不正鞘山衣輕斧藻
天籟逸絲匏蕙展風前帶桃烘雨後膠蘇乾粘晚砌烟
溼動晨卮沈約便圖籍揚雄重酒看目曾窺絕洞耳不
犯征鐃歷外窮飛朔著中記伏爻石林空寂歷雲肆背
嘵嘵松桂何妨蠹龜龍亦任嘲未能丹作髓誰相紫為

胞莫把榮枯異但（平聲）和大小包由弓猿不撓梁圈虎忌攄舊友懷三益闗山阻二崤道隨書簏古時共釣輪抛好作忘機士須為莫逆交看君馳諫草憐我卧衡茅出處雖冥默薰猶肯溷殽岸沙從寉印崖蜜勸人籜白菌盈枯枅黄精滿緑宵仙因隱居信禪是淨名教勿謂江湖永終浮一大瓟

秋日遣懷十六韻寄道侶

盡日臨風坐雄詞妙畧兼共知時世薄寧恨歲華淹且

把靈方試休憑吉夢占夜然燒汞火朝鍊洗金鹽有路
求真隱無媒舉孝廉自然成嘯傲不是學沈潛水恨同
心隔霜愁兩鬢霑崖屏憐掩扇烏帽愛垂簷雅調宜觀
樂清才稱典籤冠欹玄髮少書健紫毫尖故疾因秋召
塵容畏日黔壯圖須行行儒服謾襜襜片石聊當枕橫
烟欲代簾蠧根延穴蟻蹂葉漏庭蟾藥鼎高低鑄雲巷
早晚苫胡麻如重寄從誚我無厭

奉和次韻　皮日休

高蹈為時背幽懷是事兼神仙君可致江海我能淹共守庚辰夜同看乙巳占藥囊除紫蠧丹灶拂紅鹽與物深無競於生亦太廉鴻災因足警魚禍為稀潛筆硯秋光洗衣巾夏蘚霑酒甗香竹院魚籠挂茅簷琴忘因拋譜詩存為致籤茶旗經雨展石筍帶雲尖鶴共心情慢烏同面色黔向陽裁白恰終歲憶貂襜取嶺為山障將泉作水簾溪晴多晛鷺池瘵足秋蟾破衲雖云補間齋未辦苫共君還有役竟夕得厭厭

江南書情二十韻寄秘閣韋校書貽之商洛宋先輩垂文二同年　皮日休

四載加前字今來未改銜君批鳳尾詔我住虎頭巖季氏唯謀逐臧倉只擬讒時訛輕五羖俗淺重三緘瘦去形如鶴憂來態似獑才非師趙壹直欲效陳咸孤竹寧收笛黄琮未要瑊作羊寧免狠為兔即須毚枕户槐從亞侵堦草嬾芟擁泉教咽咽壘石放巉巉掣釣隨心動抽書任意杴茶教弩父摘酒遣僰僮監黙坐看山困清

齋飲水嚴蘚生天竺屐烟壞洞庭帆病久新烏帽閒多
省白衫藥苞陳雨匼詩草蠹雲函遺客呼林狖辭人寄
海蜮室唯搜古器錢只買秋杉寡合無深契相期有至
誠他年如訪問烟蔦暗髟髟

奉和次韻

我志如魚樂君詞稱鳳銜暫來從露冕何事買雲巖水
石應容病松篁未聽讒饞罐香松蠹臟山信藥苗絨愛鷺
欹危立思猨矍鑠衡謝才偏許朓阮放最憐咸大樂寧

忘缶奇工育顧瑊容愁迷舊隱鷹健想秋霓硯缺猶慵琢文繁却要芟雨餘幽沼淨霞散遠峯曉洗筆烟成段培花土作秋訪僧還覔伴醫痊自須監荒廟猶懷季清灘幾夢嚴背風開蠹簡衝浪試新帆悶憶年支酒閒栽古樣衫釣家隨野舫仙蘊逐雕函度歲賒羸馬先春買小蜮共疏泉入竹同坐月過杉染翰窮高致懷賢發至誠不堪潘子鬢愁促易髟髟

憶洞庭觀步十韻　皮日休

前時登觀步暑雨正錚摐上戍看綿蕝登村度石矼菴

花時有蔟溪鳥不成雙遠樹點黑稍遥峯露碧幢巖根

瘦似穀杉腹破如腔䘯⿰衤了絞了二音漁人服符篛野店窻多

攜白木鍤愛買紫泉缸仙犬聲音古遺民意緒厖何文

堪緯地底策可經邦自此將妻子歸山不姓龐

奉和次韻

聞君遊靜境雅具更摐摐竹傘遮雲徑藤鞋踏蘚矼杖

斑花不一樽大瓔成雙水鳥行沙嶼山僧禮石幢已甘

三秀味誰念百牢腔遠棹投何處殘陽到幾窓仙謡珠
樹曲村餉白醅缸地里方吳會人風似冉厖探幽非
遯世尋勝肯迷邦為讀江南傳何賢過二龎

秋晚留題魯望郊居二首　　皮日休

竹樹冷𦶜落入門神已清寒蛩傍枕響秋菜上墻生黄
犬病仍吠白驢飢不鳴唯將一杯酒盡日慰劉楨
冷卧空齋内餘酲夕未消秋花如有恨寒蝶似無憀
上落鬬雀籬根生晚潮若論羇旅事猶自勝皐橋

奉詶秋晚見題二首

為愛晚窓明門前亦嬾行圖書看得熟隣里見還生鳥啄琴材響僧傳藥味精縁君多古思携手上空城

何事樂漁樵巾車或倚橈和詩盈古篋賒酒半寒瓢失雨園蔬赤無風蚌葉彫清言一相遺吾道未全消

初冬章上人院　　皮日休

客到無妨睡僧吟不廢禪尚闗經病窪猶濾欲枯泉静棲貝多紙閒爐波律烟清譚兩三句相向自翛然

奉和次韻

每伴來方丈還如到四禪菊承荒砌露茶待遠山泉晝古全無跡林寒却有烟相看吟未竟金磬已泠然

臨頓里名為吳中偏勝之地陸魯望居之不出郛郭曠若郊墅余每相訪欵然惜去因成五言十首

奉題屋壁　皮日休

一方瀟灑地之子獨深居繞屋親栽竹堆牀手寫書高風翔砌鳥暴雨失池魚暗識歸山計村邊買鹿車

籬蔬從綠槿簷亂任黃茅壓酒移溪石煎茶拾野巢靜
窗懸雨笠閒壁挂烟匏支遁今無骨誰為世外交
繭稀初上簇醅盡未乾牀盡日留蠶母移時祭麴王趣
泉澆竹急候雨種蓮忙更葺園中景應為顧辟疆
靜僻無人到幽深每自知鶴來添口數琴到益家資壞
壍生魚沫頹簷落燕兒空將綠蕉葉來往寄閒詩
夏過無擔石日高開板扉僧雖與筒筆人不典蕉衣鶴
靜共眠覺鷺馴同釣歸生公石上月何夕約譚徵

「經歲岸烏紗讀書三十車水痕侵病竹蛛網上衰花詩
任傳漁客衣從遞酒家知君秋晚事白幘刈胡麻
寂歷秋懷動蕭條夏思殘久貧空酒庫多病束漁竿玄
想凝鶴扇清齋拂鹿冠夢魂無俗事夜夜到金壇
閉門無一事安穩卧涼天砌下翹飢鶴庭陰落病蟬倚
杉閒把易燒朮靜論玄賴有包山客時時寄紫泉
病起扶靈壽翛然强到門與杉除敗葉為石整危根薜
蔓狂遮壁蓮莖卧枕盆明朝有忙事召客斲桐孫

緩頰稱無利低着號不能世情都大薄俗意就中憎雲
態不知騄鶴情非會徽畫臣誰奉詔來此寫姜肱

襲美見題郊居十首因次韻詶之以伸榮謝

近來唯樂靜移傍故城居閒打修琴料時封謝藥書夜
停江上鳥晴曬蓑中魚出亦圖何事無勞置棧車
倩人醫病樹看僕補衡茅散髮還同阮無心敢慕巢簡
便書露竹樽待破霜匏日好林間坐烟蘿僅欲交
倭僧留海紙山匠製雲牀嬾外應無敵貧中直是王池

平鷗思喜花盡蜓情忙欲問新秋計菱絲一畝強
故山空自擲當路竟誰知秪有經時策全無養拙資病
深憐炎客欸晚信樵兒謾欲陳風俗周官未採詩
福地能容遯玄關詎有扉靜思瓊版字閒洗鐵節衣鳥
破涼烟下人衝暮雨歸故園秋草夢猶記綠微微
水影沈魚器鄰聲動緯車鶯輕捎墜葉蜂嬾臥燋花說
史評諸例論兵到百家明時如不用歸去種桑麻
禹穴奇編缺雷平異境殘靜吟封籙檢歸興削帆竿白

石堪為飯青蘿好作冠幾時當斗柄同上步罡壇
强起披衣坐徐行處暑天上階來鬬雀移樹去驚蟬莫
問鹽車駿誰看醬瓿玄黄金如可化相近買雲泉
野入青蕪巷陂侵白竹門風高開栗刺沙淺露芹根逆
鼠緣藤桁飢烏立石盆東吳雖不改誰是武王孫
踈慵真有素時勢盡無能風月雖為敵林泉幸未憎酒
材經夏闕詩債待秋徵秖有君同癖閒來對曲肱

松陵集卷五

欽定四庫全書

松陵集卷六

唐　陸龜蒙　編

今體七言詩九十二首

寒夜同襲美訪北禪院寂上人

月樓風殿静沉沉披拂霜華訪道林鳥在寒枝棲影動

人依古堞坐禪深明時尚阻青雲步半夜猶追白石吟

自是海邊鷗伴侶不勞金偈更降心

奉和次韻　　皮日休

院寒清靄正沉沉霜棧乾鳴入古林數葉貝書松火暗一聲金磬檜烟深陶潛見社無妨醉殷浩譚經不廢吟何事欲攀塵外契除君皆有利名心

江南道中懷茅山廣文南陽博士三首　　皮日休

寒嵐依約認華陽遥想高人卧草堂半日始齋青餌飯移時空印白檀香鶴雛入夜歸雲屋乳管逢春落石牀

誰道夫君無伴侶不離窓下見羲皇

住在華陽第八天望君唯欲結良緣堂扃洞裏千秋燕厨葢巖根數斗泉壇上古松疑度世觀中幽鳥恐成仙不知何事迎新歲烏納裘中一覺眠（烏納裘出王筠集）

五色香烟惹内文（許遠遊燒香五色烟）石飴初熟酒初醺將開丹竈那防鶴欲算碁圖郄望雲海氣半生當洞見瀑氷初拆隅山闇如何世外無交者（許邁與王羲之父子為世外之交）一卧金壇只有君

奉和次韻

一片輕帆背夕陽望三峯拜七真堂（三茅二許一陽一郭是謂七真）天寒夜潄雲牙淨雪壞晴梳石髮香自拂烟霞安筆格獨開封檢試砂牀莫言洞府能招隱會輾飈輪見玉皇

壺中行坐可移天何況林間息萬緣組綬任垂三品石珮環從落四公泉丹臺已運陰陽火碧簡須雕次第仙（廣文王季猶在場中）想得雷平春色動五芝烟景又芊眠

良常應不動移文金醴從酸亦自醺（蓬萊公洛廣文以金醴四升待主簿）

主簿恨其味酸桂父舊歌飛絳雪桐孫新韻倚玄雲春臨柳谷鶯先覺曙醮蕪香鶴共聞珍重雙雙玉條脱盡憑三島寄羊君

早春雪中作吳體寄襲美

迎春避臘不肯下欺花凍草還飄然光填馬窟蓋塞外勢壓鶴巢偏殿巔山爐癭節萬狀火墨突乾衰孤穗烟君披鶴氅獨自立何人解道真神仙

奉和　皮日休

感仰噤死不敢語瓊花雲魄清珊珊溪光冷射觸鸝鳿
柳帶凍脆攢闌干竹根乍燒玉節快酒面新潑金膏寒
全吴縹瓦十萬戸惟君與我如袁安

吴中言情寄魯望　皮日休

古來傖父愛吴鄉一上胥臺不可忘愛酒有情如手足
除詩無計似膏肓宴時不輟琅書味齋日難判玉鱠香
為説松江堪老處滿船烟月溼莎裳

奉和次韻

菰烟蘆雪是儂鄉釣線隨身好坐忘徒愛右軍遺點畫

閒披左氏得膏肓無因月殿聞移屧秖有風汀去採香

莫問江邊漁艇子玉皇看賜羽衣裳

行次野梅　皮日休

蔦拂蘿梢一樹梅玉妃無侶獨徘徊好臨王母瑶池發

合傍蕭家粉水開共月已為迷眼伴與春先作斷腸媒

不堪便向多情道萬片霜華雨損來

奉和次韻

飛棹參差拂早梅强欺寒色尚低徊風憐薄媚留香與
月會深情借艷開梁殿得非蕭帝瑞齊宮應是玉兒媒
不知謝客離腸醒臨水剛添萬恨來

揚州看辛夷花　皮日休

臘前千朶亞芳叢細膩偏勝素㮈功螓首不言披曉雪
麝臍無主任春風一枝拂地成瑶圃數樹參庭是蕋宮
應為當時天女服至今猶未放全紅

奉和次韻

柳踈梅墮少春叢天遣花神别致功高處朶稀難避日
動時枝弱易為風堪將亂蘂添雲肆若得千株便雪宫
不得羣芳應有意等閑桃杏即爭紅

暇日獨處寄魯望　皮日休

幽慵不覺耗年光犀柄金徽亂一牀野客共為賖酒計
家人同作借書忙園蔬預遣分僧料廩粟先教筭鶴糧
無限高情好風月不妨猶得事吾王

奉和

謝府殷樓少暇時又抛清宴入書帷三千餘歲上下古八十一家文字奇（司馬遷書上下紀三千餘歲　太玄有八十一家率多奇字）冷夢漢臯懷鹿隱靜憐烟島覺鴻離知君滿篋前朝事鳳諾龍奴借與窺

屐步訪魯望不遇　皮日休

雪晴墟里竹欹斜蠟屐徐吟到陸家荒徑掃稀堆栢子破扉開澁染苔花壁閒定欲圖雙檜厨静空如飯一麻擬受太玄今不遇可憐遺恨似侯芭

奉和襲美見訪不遇

為愁烟岸老神藚扶病呼兒斸翠茗秖道府中持簡牘不知林下訪漁樵花盤小墢晴初壓葉擁疎籬凍未燒倚杖徧吟春照午一池冰段幾多消

開元寺客省早景即事　皮日休

客省蕭條柹葉紅樓臺如畫倚霜空銅池數滴桂上雨金鐸一聲松杪風鶴靜時來珠像側鴿馴多在寶幡中如何塵外虛為契不得支公此會同

奉和次韻

日上罘罳疊影紅一聲清梵萬緣空襹褷滿地貝多雪

料峭入樓于闐風水榭初抽寥泬思竹窓猶掛夢魂中

靈香散盡禪家接誰共般源小品同辯正論亦有九流一曰禪家者流般浩讀小品經下二百籤疑義以問支道林

獨夜有懷因作吳體寄襲美

人吟側景抱凍竹鶴夢缺月沉枯梧清澗無波鹿無魄

白雲有根虬有鬚雲虬澗鹿真逸調刀名錐利非良圖

不然快作燕市飲笑撫肉枅音馨眠酒壚

奉和次韻　皮日休

病鶴帶霜傍獨屋破巢含雪傾孤梧濯足將加漢光腹抵掌欲捋梁武鬚隱几清吟誰敢敵枕琴酣卧真堪圖此時枉欠高散物楠瘤作樽石作壚

病中有人惠海蟹轉寄魯望　皮日休

紺甲青篚染菭衣島夷初寄北人時離居定有石帆覺失伴唯應海月知族類分明連璅蛣璅蛣似小蚌有一小蟹在腹中蛣出

求食故淮浩之人呼為蟹奴形容好箇似蟛蜞病中無用雙螯處寄與夫君左手持

　詶襲美見寄海蟹

藥杯應阻蟹螯香却乞江邊採捕郎自是揚雄知郭索太玄經云蟹之郭索且非何肩敢餦餭何肩侈于食味稍欲去其甚者猶有䱉腊糟蠏骨清猶似含春靄沫白還疑帶海霜强作南朝風雅客夜來偷醉早梅傍

　病中美景頗阻追遊因寄魯望　皮日休

瘦牀閒臥晝迢迢唯把真如慰寂寥南國不須收薏苡百年終竟是芭蕉藥前美祿應難斷枕上芳辰豈易銷看取病來多少日早梅零落玉華燋

奉詶病中見寄

逢花逢月便相招忽臥雲蹤隔野橋春恨與誰同酩酊玄言何處問逍遥題詩石上空迴筆拾蕙汀邊獨倚橈早晩却還岩上竈（襲美時有眼疾）共尋芳徑結烟條

闔閭城北有賣花翁討春之士往往造焉因招襲

美

故城邊有賣花翁水曲舟輕去盡通十畝芳菲為舊業
一家烟雨是元功閒添藥品年年別笑指生涯樹樹紅
若要見春歸處所不過攜手問東風

魯望以花翁之什見招因次韻詶之

皮日休

九十攜鋤傴僂翁小園幽事盡能通劚烟栽藥為身計
負水澆花是世功婚嫁定期杉葉紫蓋藏應待桂枝紅

不知家道能多少只在句芒一夜風

病中庭際海石榴花盛發感而有寄

皮日休

一夜春工綻絳囊碧油枝上晝煌煌風勻紙似調紅露日暖唯憂化赤霜火齊滿枝燒夜月金津含蕋滴朝陽不知桂樹知情否無限同遊阻陸郎

奉和次韻

紫府真人餉露囊猗蘭燈燭未熒煌丹華乞曙先凌日

金熖欺寒卻照霜誰與佳名從海曲秖應芳裔出河陽

那堪謝氏庭前見一段清香染郄郎

早春以橘子寄魯望　皮日休

箇箇和枝葉捧鮮彩凝猶帶洞庭烟不為韓嫣金丸重

直是周王玉果圓剖似日魂初破後弄如星髓未銷前

知君多病仍中聖盡送寒苞向枕邊

襲美以春橘見惠兼之雅篇因次韻詶謝

到春猶作九秋鮮應是親封白帝烟良玉有漿須讓味

明珠無纇亦羞圓堪居漢苑霜梨上合在仙家火棗前珍重更過三十子不堪分付野人邊王僧辯嘗為荆南得橘一蔕三十子以獻梁元帝

病中書情寄上崔諫議時眼疾未平

十日閒來曠奉公閉門無事忌春風蟲絲度日縈琴薦蛀粉經時落酒筒馬足歇從殘漏外魚須拋在亂書中殷勤莫怪求醫切只為山櫻欲放紅

皮日休

奉和次韻

或偃虛齋或在公藹然林下昔賢風庭間有蝶爭烟蕊
簾外無人報水筒行藥不離深幌底時患眼疾寄書多向遠
山中西園夜燭偏堪憶曾為題詩刻半紅

病中孔雀　皮日休

烟花雖媚思沈冥猶自擡頭護翠翎強聽紫簫如欲舞
困眠紅樹似依屛因思桂蠹傷肌骨為憶松鵝損性靈
盡日春風吹不起鈿毫金縷一星星

奉和

懶移金翠傍簷楹斜倚芳叢舊態生唯奈瘴烟籠飲啄可堪春雨滯飛鳴鴛鴦水畔迴頭羨荳蔻圖前舉眼驚爭得鷓鴣來伴著不妨還挍有心情

上元日道室焚修寄襲美

三清今日聚靈官玉刺齋抽謁廣寒執蓋冒花香寂歷侍晨交珮響闌珊執蓋侍晨皆仙之貴侶矣將排鳳節分階易欲挍龍書下筆難唯有世塵中小兆夜來心拜七星壇

奉和次韻　皮日休

明真臺上下仙官玄藻初吟萬籟寒飈御有聲時杳杳寳衣無影自珊珊蕋書乞見齋心易玉籍求添拜首難端簡不知清景易靈蕪香燼落金壇

正月十五日惜春寄襲美

六分春色一分休滿眼東波盡是愁花匠礙寒應束手酒龍多病尚垂頭無窮嬾惰齊中散有底機謀敵右侯見織短蓬裁小檝拏烟閒弄個漁舟

奉詶惜春見寄　皮日休

十五日中春日好可憐沈痼冷如灰以前雖被愁將去
向後須教醉領來梅片盡飄輕粉靨柳芽初吐爛金醅
病中無限花番次為約東風且住開

聞魯望遊顏家林園病中有寄　皮日休

一夜韶姿着水光謝家春草滿池塘細挑泉眼尋新脉
輕把花枝嗅宿香蝶欲試飛猶護粉鶯初學囀尚羞簧
分明不得同君賞盡日傾心羨索郎

襲美病中見寄次韻詶之

日華風蕙正交光遏末相携藉草塘（遏謝玄小字末謝川小字）佳酒旋傾醽醁嫩短船閒弄木蘭香烟絲鳥拂來縈帶蕋[illegible]人妝去約簧今日好為聯句會不成剛為欠檀郎

春雨即事寄襲美

小謝輕埃日日飛（小謝詠雨詩有散漫似輕埃句）城邊江上阻春暉雖愁野岸花房凍還得山家藥笋肥雙屐着頻看齒折敗裘披苦見毛稀比鄰釣叟無塵事灑笠鳴蓑夜半歸

奉和次韻　　皮日休

纖恨凝愁映鳥飛半旬飄灑掩韶暉山容洗得如烟瘦
地脉流來似乳肥野客正閒移竹遠幽人多病探花稀
何年細濕華陽道兩乘巾車相並歸

魯望春日多尋野景日休抱疾杜門因有是寄

皮日休

野侶相逢不待期半緣幽事半緣詩烏紗任岸穿筋竹
白袷從披趂肉芝數卷蠹書碁處展幾升菰米釣前炊
病中不用君相憶折取山櫻寄一枝

奉和次韻

雖失春城醉上期下帷裁徧未裁詩因吟郢岸百畝蕙
欲采商崖三秀芝棲野鶴籠寛使織施山僧飯别教炊
但醫沈約重瞳健不怕江花不滿枝

偶掇野蔬寄襲美有作

野園煙裏自幽尋嫩甲香蕤引漸深行歌每依鴉舅影
挑頻時見鼠姑心夌風譪彩初攜籠帶露虛疎或貯襟
欲助春盤還愛否不妨蕭灑似家林

魯望以躬掇野蔬兼示雅什用以詶謝

皮日休

杖擿春烟暖向陽煩君為我致盈筐深挑乍見牛脣液爾雅云蕢牛脣一名水蕮細掐徐聞鼠耳香本草云葉似鼠耳莖赤可生食紫甲采從泉脉畔翠牙摉自石根傍彫胡飯熟餖飣軟不是高人不合嘗

臥疾感春寄魯望

皮日休

爲皮几上困騰騰玉柄清羸愧不能昨夜眠時稀似鶴

今朝餐數減於僧藥銷美祿應天折醫過芳辰定鬼憎
任是雨多遊未得也須收在探花朋

奉和次韻

共尋花思極飛騰病帶春寒去未能烟徑水涯多好鳥
竹牀蒲椅但高僧須知日富為神授秖有家貧免盜憎
除却數函圖籍外更將何事結良朋

徐方平後聞赦因寄襲美

新春旒扆御翬軒海內初傳渙汗恩秦獄已收為厲氣

瘴江初返未招魂英材盡作龍蛇蟄時停貢舉戰地多成虎
豹村除卻數般傷痛外不知何事及王孫

奉和次韻　皮日休

金雞烟外上臨軒紫誥新垂作解恩涿鹿未銷初敗血
新安頓雪已坑魂空林葉盡蝗來郡腐骨花生戰後村
未遣蒲車問幽隱共君應老抱桐孫

襲美以魚牋見寄因謝成篇

擣成霜粒細鱗鱗知作愁吟幸見分向日乍驚新璽色

臨風時辨白萍文魚子曰白萍好將花下承金粉堪送天邊

詠碧雲見倚小窓親襞染盡圖春色寄夫君

奉詶見荅魚牋之什　皮日休

輕如隱起膩如飴除却鮫工解製稀欲寫恐成河伯詔

試裁疑是水仙衣毫端白獺脂猶濕指下冰蠶子欲飛

若用莫將閒處去好題春思贈江妃

病後春思　皮日休

連錢錦暗麝氳氳荆思多才詠鄂君孔雀鈿寒窺沼見

石榴紅重墮堦聞宰愁有度應如月春夢無心秪似雲
應笑病來懸滿願花牋好作斷腸文
奉和次韻
氣和靈府漸氤氲酒有賢人藥有君七字篇章看月得
百勞言語傍花聞閒尋古寺銷晴日最憶深溪枕夜雲
早晩共揺孤艇去紫屏風外碧波文
襲美以公齋小宴見招因代書寄之
早雲纔破漏春陽野客晨興喜又忙自與酌量煎藥水

别教安置曬書牀依方釀酒愁遲去借樣裁巾怕索將唯待數般幽事了不妨還入少年場

偶成小酌招魯望不至以詩為解因次韻訓之

皮日休

醉侶相邀愛早陽小筵催辦不勝忙衝深柳駐吳娃幰倚短花排羯鼓牀金鳳欲為鸎引去鈿蟬疑被蝶勾將如何共是忘形者不見漁陽摻一場

以紗巾寄魯望因而有作

皮日休

周家新樣替三梁頭巾起後周武帝褁髮偏宜白面郎掩斂乍疑裁黑霧輕明渾似戴玄霜今朝定見看花側明日應聞漉酒香更有一般君未識虎文巾在絳霄房

襲美以紗巾見惠繼以雅音因次韻詶謝

薄如蟬翅背斜陽不稱春前贈罨女減反郎初覺頂寒生遠吹預憂頭白透新霜堪窺水檻澄波影好拂花牆亞蓋香知有芙蓉留自戴桐栢真人戴芙蓉冠也欲峩烟霧訪黃房

聞襲美有親迎之期因以寄賀

梁鴻夫婦欲雙飛細雨輕寒拂裌衣初下雪窓應眷戀
次乘烟幰奈光輝參差扇影分華月斷續簫聲落翠微
見說春風偏有賀露花千朶照庭闈
臨頓宅將有歸于之日魯望以詩見貺因抒懷訓
之　　　　　　　　　　　　　　皮日休
共老林泉忍暫分此生應不識迴文幾枚竹筍送德曜
一乘柴車迎少君舉案品多緣澗藥承家事少為溪雲
居然自是幽人事輙莫教他孫壽聞

襲美以巨魚之半見分因以詶謝

誰與春江上信魚可憐霜刃截來初鱗蔡似撒騷人屋腹斷疑傷遠客書避網幾跳山影破逆風曽䠞浪花虚今朝最是家童喜免泥荒畦撥野蔬

奉和　　皮日休

鈞公來信自松江三尺春魚撥刺霜腹内舊鉤苔染澁腮中新餌藻和香冷鱗中斷楡錢破寒骨平分玉筯光何事眖君偏得所秪縁同是越航郎

館娃宮懷古　皮日休

艷骨已成蘭麝土宮牆依舊壓層崖弩臺雨壞逢金鏃
香徑泥銷露玉釵硯沼秪留溪鳥浴屧廊空信野花埋
姑蘇麋鹿真閒事須為當時一愴懷

奉和次韻

鏤楣消落濯春雨蒼翠無言空斷崖草碧未能忘帝女
燕輕猶自識宮釵江山秪有愁容在劍珮應和愧色埋
賴有伍員騷思少吳王纔免似荆懷

襲美以紫石硯見贈以詩迎之

霞骨堅來玉自愁琢成飛燕古釵頭澄沙脆弱聞應伏
青鐵沈埋見亦羞最稱風亭批碧簡好將雲竇漬寒流
君能把贈閒吟客徧寫江南物象酬

以紫石硯寄魯望兼詶見贈　皮日休

樣如金蹙小能輕微潤將融紫玉英石墨一研為鳳尾
寒泉半勺是龍睛騷人白芷傷心暗狎客紅筵奪眼明
兩地有期皆好用不須空把洗溪聲

同襲美遊北禪院　院即故司勳陸郎中舊宅

連延花蔓映風廊岸幘披襟到竹房居士秖今開梵處先生曾是草玄堂清樽林下看香印遠岫窗中挂鉢囊今日有情消未得欲將名理問思光

奉和　皮日休

戚歷杉陰入草堂老僧雖見似相忘吟多幾轉蓮花漏坐久重焚栢子香魚慣齋時分淨食鴿能閑處傍禪牀雲林滿眼空羇滯欲對彌天卻自傷

孫發百篇將遊天台請詩贈行因以送之

皮日休

孫子荊家思有餘元戎曾薦入公車百篇宮體喧金屋一日官銜下玉除紫府近通齋後夢赤城新有寄來書因逢二老如相問正滯江南為鯢魚

奉和

直應天授與詩情百詠唯消一日成去把彩毫揮下國歸參黃綬別春卿閒窺碧落懷烟霧暫向金庭隱姓名

珍重興公徒有賦石梁深處是君行

薔薇

倚牆當戶自横陳致得貧家似不貧外布芳菲雖笑日中含芒刺欲傷人清香往往生遥吹狂蔓看看及四鄰遇有客來堪玩處一端晴綺照烟新

奉和次韻　皮日休

誰繡連延滿戶陳暫應遮得陸郎貧紅芳掩斂將迷蝶翠蔓飄颻欲動人低拂地時如墮馬高臨牆處似窺鄰

秖應是董雙成戲翦得神霞寸寸新

聞開元寺開筍園寄章上人　皮日休

園鎖開聲駭鹿羣滿林鮮籜水犀文森森競泫林梢雨⿰山雙⿰山雙爭穿石上雲並出亦如鵝管合各生還似犬牙分折烟束露如相遺何胤明朝不茹葷

奉和

春龍爭地養檀欒況是雙林雨後看迸出似毫當垤塿孤生如恨倚欄干凌虛勢欲齊金刹折贈光宜照玉盤

更待錦苞零落後粉環高下揭烟寒

春夕陪崔諫議櫻桃園宴　皮日休

萬樹香飄水麝風蠟燻花雪盡成紅夜深歡態狀不得

醉客圖開明月中衛協畫醉客圖

奉和

佳人芳樹雜春蹊花外烟濛月漸低幾度艷歌清欲轉

流鶯驚起不成棲

松江早春　皮日休

松陵清淨雪消初見底新安恐未如穩凭船舷無一事
分明數得鱠殘魚
奉和
柳下江飡待好風暫時還得狎漁翁一生無事烟波足
唯有沙邊水勃公
女墳湖即吳王葬女之所　皮日休
萬貴千奢已寂寥可憐幽憤為誰嬌須知韓重相思骨
直在芙蓉向下消

奉和

水平波淡繞迴塘鶴殉人沉萬古傷應是離魂雙不得
至今沙上少鴛鴦

泰伯廟　皮日休

一廟爭祠兩讓君幾千年後轉清芬當時盡解稱高義
誰敢教他莽卓聞

奉和

故國城荒德未荒年年椒奠溼中堂邇來父子爭天下

不信人間有讓王

宿木蘭院　皮日休

木蘭院裏雙棲鶴長被金鉦聒不眠今夜宿來還似爾到明無計夢雲泉

奉和次韻

苦吟清漏迢迢極月過花西尚未眠猶憶故山欹警枕夜來嗚咽似流泉

重題薔薇　皮日休

濃似猩猩初染素輕於燕燕欲淩空可憐細麗難勝日照得深紅作淺紅

奉和次韻

穠華自古不得久況是倚春春已空更被夜來風雨惡滿堦狼籍没多紅

春夕酒醒　　皮日休

四絃纔罷醉蠻奴酃醁餘香在翠爐夜半醒來紅蠟短一枝寒淚作珊瑚

奉和

幾年無事傍江湖醉倒黃公舊酒壚覺後不知新月上

滿身花影倩人扶

松陵集卷六

松陵集卷七

唐 陸龜蒙 編

今體七言詩九十首

開元寺佛鉢詩并序　　皮日休

按釋法顯傳云佛鉢本在毘舍離今在乾陀衛竟若干百年當復至西月支國若干百年至于闐國若干百年當至屈茨國若干百年當復來漢地晉建興二年二聖

像浮海而至滬瀆僧尼輩取之以歸今存于開元寺後興八年漁者於滬瀆沙汭上獲之以為臼類乃葷而用焉俄有佛像見于外漁者始為異意滬瀆二聖之遺祥也乃以鉢供之迄今尚存余遂覯而為之詠因寄天隨子

帝青石作綠氷姿（佛律云此鉢帝青玉石也四天王所獻也）曾得金人手自持拘律樹邊齋散後提羅花下洗來時亂麋味斷中天覺麥麩香消大刼知從此共君親頂戴斜風應不等閒

吹

奉和

空王初受逞神功四鉢須臾現一重（至今鉢緣有四重也）持次想添香積飯覆時應帶步羅鐘光寒好照金毛鹿響靜堪降白耳龍從此寶函香裏見不煩西去詣靈峯

夏首病愈因招魯望　皮日休

曉入清和尚袷衣夏陰初合掩雙扉一聲撥穀桑柘晚數點春鋤烟雨微貧養仙禽能箇瘦病闗芳草就中肥

明朝早起非無事買得蓴絲待陸機

奉酬次韻

雨多青合是垣衣一幅蠻牋夜欵扉蕙帶又聞寛沈約

茅齋猶自憶王徽方靈秖在君臣正篆古須抛點畫肥

除却伴談秋水外野鷗何處更忘機

新夏東郊閒泛有懷襲美

遲於春日好於秋野客相攜上釣舟經畧彴時冠暫亞

佩笭箵後帶頻搊蕙葭鷺起波摇笠村落蠶眠樹挂鉤

料得衹君能愛此不爭烟水似封侯

奉和次韻　皮日休

水物輕明澹似秋多情才子倚蘭舟碧莎裳下攜詩草黃篾樓中挂酒蒭蓮葉蘸波初轉棹魚兒簇餌未諳鈎共君莫問當時事一點沙禽勝五侯

四月十五日道室書事寄襲美

烏飯新炊芼臛香道家齋日以為常月苗杯舉存三洞雲蕊函開叩九章一掬陽泉堪作雨數銖秋石欲成霜

可中值著雷平信爲覔閒眠苦竹牀

奉和　　　　皮日休

望朝齋戒是尋常靜啟金根第幾章竹葉飲爲甘露色
蓮花鮓作肉芝香松膏背日凝雲磴丹粉經年染石牀
剩欲與君終此志頑仙唯恐鬢成霜

看壓新醅寄懷襲美

曉壓糟牀漸有聲旋如荒澗野泉清身前古態熏應出
世上愁痕滴合平飲啄斷年同雀儉風波終日看人爭

罇中若使常能渌，兩綬通侯總強名。

奉和次韻　　皮日休

一簣松花細有聲，旋將渠椀撇寒清。秦吳只恐篘來近，劉項真應釀得平。酒德有神多客頌，醉鄉無貨没人爭。五湖烟水郎山月，合向罇前問底名。

登初陽樓寄懷北平郎中　　皮日休

危樓新製號初陽，白粉青薽射沼光。避酒幾浮輕舴艋，下棊曾覺睡鴛鴦。投鉤列坐圍華燭，格簺分明占靚粧。

莫怪重登頻有恨二年曾侍舊吳王

奉和

遠窓浮檻亦成年幾伴楊公白晝筵日煖煙花曾撲地氣和星象却歸天閒將水石侵軍壘醉引笙歌上釣船無限恩波猶在目東風吹起細漪漣

夏初訪魯望偶題小齋　皮日休

半里芳陰到陸家藜牀相勸飯胡麻林閒度宿抛棋局壁上經旬挂釣車野客病時分竹米鄰翁齋日乞藤花

踟躕未放閒人去半岸紗帽待月華

奉和次韻

四鄰多是老農家百樹雞桑半頃麻盡趁晴明修網架每和烟雨掉繰車啼鶯偶坐身藏葉餉婦歸來鬢有花不是對君吟復醉更將何事送年華

所居首夏水木尤清適然有作　皮日休

病來無事草堂空晝永休閒十二筒桂靜似逢青眼客松間如見綠毛翁潮期暗動庭泉碧梅信微侵地障紅

盡日枕書慵起得被君猶自笑從公

奉和次韻

柿陰成列藥花空却憶桐江下釣筒亦以魚蝦供熟鷺近緣櫻笋識鄰翁閒分酒劑多還少自記書籤白間紅更愛夜來風月好轉思玄度對支公

重玄寺元達年逾八十好種名藥凡所植者多至自天台四明包山句曲叢萃紛糅各可指名余奇而訪之因題二章　皮日休

雨蓧烟鋤傴僂賣紺牙紅甲兩三畦藥名却笑桐君少
年紀翻嫌竹祖低白石靜敲蒸朮火清泉閒洗種花泥
怪來昨日休持鉢一尺彫胡似掌齊
香蔓蒙籠覆昔邪檜烟杉露濕袈裟石盆換水撈松葉
竹徑遷牀避笋芽藜杖移時挑細藥銅缾盡日灌幽花
支公謾道憐神駿不及今朝種一麻

奉和題達上人藥圃二首

藥味多從遠客賚旋添花譜旋成畦三椏舊種根應異

九節初移葉尚低山莢便和幽澗石水芝須帶本池泥
從今直到清秋日又有香苗幾畨齊
淨名無語示清羸藥草搜來喻更微一雨一風皆遂性
花開花落盡忘機教疏兔縷金絃亂兔絲別名自擁龍芻紫
汞肥莫怪獨親幽圃坐病容銷盡欲依歸

懷華陽潤卿博士三首　皮日休

先生一向事虛皇天市壇西與世忘環堵養龜看氣訣
刀圭餌犬試仙方靜探石腦衣裾潤閒鍊松脂院落香

聞道徵賢須有詔不知何日到良常

寘心唯事白英君不問人間爵與勲林下醉眠仙鹿見

洞中閒話隱芝聞石牀卧苦渾無蘚藤篋開稀恐有雲

料得虛皇新詔様青瓊板上緑為文

鳳骨輕來稱瘦容華陽館主未成翁陶隱居昔為華陽館主數行

玉札存心久一掬雲漿潄齒空白石煑多熏屋黑丹砂

埋久染泉紅他年欲事先生去十賚須加陸逸沖逸沖嘗事隱居隱居錫名樓靜處士十賚猶人間九錫也

奉和三首

幾降真官授隱書洛公曾到夢中無眉間入靜三辰影肘後通靈五岳圖北洞樹形如曲蓋東凹山色似薰爐金壚福地能容否願作岡前蔣負芻

火景應難到洞宮蕭閒堂冷任天風談玄麈尾拋雲底服散龍胎在酒中有路還將赤城接無泉不共紫河通奇編早晚教傳授免以神仙問葛洪

終日焚香禮洞雲更思琪樹轉勞神曾尋下泊宮名常經

月不到中峯又累春仙道最高黄玉籙暑天偏稱白綸
巾清齋若見茅司命乞取朱兒十二斤

以竹夾膝寄贈襲美

截得筼簹冷似龍翠光横在暑天中堪臨薤簟閒憑月
好向松窓卧跂風持贈敢齊青玉案醉吟偏稱碧荷筒
添君雅具教多著為著西齋譜一通

魯望以竹夾膝見寄因次韻酬謝　皮日休

圓於玉柱滑於龍來自衡陽彩翠中拂潤恐飛清夏雨

叩虛疑貯碧湘風大勝書客裁成簡頗賽溪翁截作筒
從此角巾因爾戴俗人相訪若為通

夏景無事因懷章來二上人　皮日休

澹景微陰正送梅幽人逃暑瘿楠杯水花移得和魚子
山蕨收時帶竹胎嘯館大都偏見月醉鄉終竟不聞雷
更無一事唯留客却被高僧怕不來
佳樹盤珊枕草堂此中隨分亦閒忙平鋪風簟尋琴譜
靜掃烟窓著藥方幽鳥見貧留好語白蓮知卧送清香

從今有計消閒日更為支公置一牀

奉和次韻

簷外青陽有二梅折來堪下凍醪杯離騷注云盛夏以醇酒置氷上高杉自欲生龍腦小弁誰能寄鹿胎麗事肯教饒沈謝談微何必減宗雷還聞擬結東林社爭奈淵明醉不來

忽憶高僧坐夏堂厭泉聲鬧笑雲忙山重海澹懷中印月冷風微宿上方病後書求嵩少藥定迴衣染貝多香何時更問逍遥義道林有逍遥遊别義五粒松陰半石牀

寄瓊州楊舍人　皮日休

德星芒彩瘴天涯酒樹堪消謫宦嗟行遇竹王因設奠居逢木客又遷家清齋淨溲桄榔麪遠信閒封荳蔲花清切會須歸有日莫貪句漏足丹砂

奉和

明時非罪謫何偏鵬鳥巢南更數千酒滿椰杯消毒霧風隨蕉扇下瀧船人多藥戶行狂蠱吏有珠官出俸錢秖以直誠天自信不勞詩句詠貪泉

魯望以輪鈎相示緬懷高致因作三篇

皮日休

角柄孤輪細膩輕翠篷十載伴君行撚時解轉蟾蜍魄抛處能啼絡緯聲七里灘波喧一舍五雲溪月靜三更朱衣鮒足和蓑睡誰信人間有利名

一線飄然下碧塘溪翁無語遠相望蓑衣舊去烟披重篛笠新來雨打香白鳥白蓮為夢寐清風清月是家鄉明朝有物充君信橊酒三甁寄夜航橊酒出沈約集

盡日悠然艤艋輕小輪聲細雨溟溟三尋絲帶桐江爛
一寸鈎含笠澤腥用近詹何傳釣法收和范蠡養魚經
孤篷半夜無餘事應被嚴灘聒酒醒
頃自桐江得一釣車以襲美樂烟波之思因出以
為玩俄辱三篇復抒酬答
旋屈金鈎劈翠筠手中盤作釣魚輪忘情不效孤醒客
有意閒窺百丈鱗雨似輕埃時一起雲如高蓋强相親
任他華轂低頭笑此地終無覆敗人

曾招漁侶下清潯獨繭初隨一錘深細輾烟華無轍跡
静含風力有車音相呼野飯依芳草迭和山歌逗遠林
得失任渠但取樂不曾生個是非心
病來縣著脆緍絲獨喜高情為我持數輻尚凝烟雨態
三篇能賦蕙蘭詞雲深石静閑眠穩月上江平放溜遲
第一莫教諳此境倚天功業待君為

吳中書事寄漢南裴尚書　皮日休

萬家無事鏁蘭橈鄉味腥多厭紫囂江文通集云紫囂石劫也水似

棋文交度郭椈如行障儼遮橋青梅蔕重初迎雨白鳥羣高欲避潮唯望舊知憐此意得爲傖鬼也逍遥

奉和

風清地古帶前朝遺事紛紛未寂寥三泖涼波漁蕝動（遠祖士衡對晉武帝以三泖冬温夏涼）五茸春草雉媒嬌（五茸吳王獵所石各有名）雲藏野寺分金剎月在江樓倚玉簫不用懷歸忘此景吳王看即奉弓招

夏景冲澹偶然作二首　皮日休

偎蒲褥岸烏紗味道澄懷景便斜紅印寄泉嘶郡守筐與笋愧僧家茗爐盡日燒松子書樓經時剝瓦花吏暫棲君莫笑不妨猶更著南華

室無喧是事幽還如貞白在高樓天台畫得千迴看目芳來百度遊湖目茸蓮子也無限世機吟處息幾多身計前休他年謁帝言何事請贈劉伶作醉侯

奉和次韻

崔參差在扇紗竹襟輕利籜冠斜壚中有酒文園會

琴上無絃靖節家芝畹烟霞全覆穗橘洲風浪半浮花
閒思兩地忘名者不信人間髮解華
秪於池曲象山幽便是瀟湘浸石樓斜拂茭盤輕鷺下
細穿蔆線小鯢遊閒開茗焙嘗須徧醉撥書帷卧始休
莫道仙家無好爵方諸還拜碧琳侯

送李明府之任南海　　皮日休

五羊城在蜃樓邊墨綬垂腰正少年山静不應聞屈鳥
草深從使翳貪泉蟹奴晴上臨潮檻燕婢秋隨過海船

一事與君消遠宦乳蕉花發訟庭前

奉和

春盡之官直到秋嶺雲深處凭瀧樓居人愛近沈珠浦候吏多來拾翠洲賨税盡應輸紫貝蠻童多學佩金鈎知君不戀南枝久抛却經冬白罽裘

寄題羅浮軒轅先生所居　皮日休

亂峯四百三十二羅浮山峯數欲問徵君何處尋紅翠山鳥名數聲瑶室響山有瑶房瑶室七十有二真檀一柱石樓深山都遺負

沽來酒樵容看化後金從此謁師知不遠求官先有葛洪心

奉和

鼎成仙馭入崆峒百世猶傳至道風暫應青詞為穴鳳却思丹徼伴冥鴻金公的的生爐際瓊刄時時到夢中預恐浮山歸有日載將雲室十洲東

宿報恩寺水閣　皮日休

寺鏁雙峯寂不開幽人中夜獨徘徊池文帶月鋪金簟

蓮朶含風動玉杯往往竹梢摇翡翠時時杉子擲莓苔
可憐此際誰曾見唯有支公盡看來

奉和

峯抱池光曲岸平月臨虛檻夜何清僧穿小檜纔分影
魚擲高荷漸有聲因憶故山吟易苦各橫秋簟夢難成
周顒不用裁書勸自得涼天證道情

醉中偶作呈魯望　皮日休

谿雲澗鳥本吾儕剛為浮名事事乖十里尋山為思役

五更看月是情差分將吟詠華雙鬢力 以壺觴固百骸
爭得草堂歸卧去共君同作太常齋

奉和次韻

海隺飄飄韻莫儕在公猶與俗情乖初呈酒務求專判
合禱山祠請自差永夜譚玄侵罔象一生交態忘形骸
憐君醉墨風流甚幾度題詩小謝齋

寄滑州李副使員外　　皮日休

兵繞臨淮數十重鐵衣才子正從公軍前草奏旄頭下

城上封書箭辭中圍合只應聞曉雁血腥何處避春風

故人勲重金章貴猶在江湖積釣功

奉和

洛生閒詠正抽毫忽傍旌旗著戰袍檄下連營皆破膽

劒離孤匣欲吹毛清秋月色臨軍壘半夜淮聲入賊壕

除却征南為上將平徐功業更誰高

傷史拱山人　皮日休

一緘幽信自襄陽上報先生去歲亡山客為醫翻貫藥

野僧因弔却焚香峯頭孤冢為雲穴松下靈筵是石牀
宗炳死來君又去終身不復到柴桑

奉和

曾說山棲欲去尋豈知霜骨墊寒林常依淨住師冥目
無事容成學筭心（史學浮圖無善筭術）逋客預齋還梵唱老猿窺
祭亦悲吟唯君獨在江雲外誰誄孤貞置峴岑

吳中言懷寄南海二同年　皮日休

曲水分飛歲已賒東南為客各天涯退公秪傍蘇勞竹

移宴多隨末利花銅鼓夜敲溪上月布帆晴照海邊霞
三年謾被鱸魚累不得橫經侍絳紗

奉和

曽具淩風上赤霄盡將華藻赴嘉招城連虎踞山圖麗
路入龍編海舶遥江客漁歌衝白荇野禽人語映紅蕉
庭中必有君遷樹莫向空臺望漢朝（交州記云有君遷樹有朝臺尉陀望漢所築）

胥門閒汎　皮日休

青翰虛徐夏思清愁烟漠漠荇花平醉來欲把田田葉
盡裹當時醒酒鯖

奉和

細槳輕撶下白蘋故城花謝緑陰新豈無今日逃名士
試問南塘著屧人

木蘭後池三詠　皮日休

重臺蓮花

欹紅婑媠力難任毎葉頭邊半米金可得教他水妃見

兩重元是一重心

浮萍

嫩似金脂颺似烟多情渾欲擁紅蓮明朝擬附南風信寄與湘妃作翠鈿

白蓮

但恐醍醐難並潔秖應薝蔔可齊香半垂金粉知何似靜婉臨溪照額黃

奉和三詠

重臺蓮花

水國烟鄉足芰荷就中芳瑞此難過風情為與吳王近

紅蕚常教一倍多

浮萍

睒來風約半池明重疊侵沙緑罽成不用臨池重相笑

最無根蔕是浮名

白蓮

素蘤多蒙别艶欺此花真合在瑶池還應有恨無人覺

月曉風清欲墮時

重題後池　皮日休

細雨闌珊眠鷺覺鈿波悠漾並鴛嬌適來會得荆王意
秖為蓮莖重細腰

奉和

曉烟清露暗相和浴雁浮鷗意緒多却是陳王詞賦錯
枉將心事託微波

襲美庭中初植松桂偶題

軒陰冉冉移斜日寒韻泠泠入晩風烟格月姿曾不改
至今猶似在山中

奉和次韻　皮日休

毿毿緑髮垂輕露獵獵丹華動細風恰似青童君欲會
儼然相向立庭中

戲題襲美書印囊

鶺銜龜顧妙無餘不愛封侯愛石渠應笑休文過萬卷
至今誰道沈家書

奉和次韻　皮日休

金篆方圓一寸餘可憐銀艾未思渠不知夫子將心印印破人間萬卷書

館娃宮懷古五絶　皮日休

綺閣飄香下太湖亂兵侵曉上姑蘇越王大有堪羞處秖把西施賺得吳

鄭妲無言下玉墀夜來飛箭滿罘罳越王定指高臺笑郤見當時金鏤楣

半夜娃宫作戰塲血腥猶雜宴時香西施不及燒殘蠟猶為君王泣數行
素襪雖遮未掩羞越兵猶怕伍員頭吳王恨魄今如在秖合西施瀨上遊
響屧廊中金玉步采蘭山上綺羅身不知水葬今何處溪月彎彎欲效顰

奉和五絶

三千雖衣水犀珠半夜夫差國暗屠猶有八人皆二八

獨教西子占亡吴

一宫花渚漾漣漪倭墮鴉鬟出繭眉可料坐中歌舞袖

便將殘節拂降旗

幾多雲榭倚青冥越焰燒來一片平此地最應沾恨血

至今春草不匀生

江色分明練繞臺戰帆遥隔綺疏開波神自厭荒淫主

句踐樓船穩帖來

寶袜香綦碎曉塵亂兵誰惜似花人伯勞應是精靈使

猶向殘陽泣暮春

虎丘寺西小溪閒汎三絶　皮日休

鼓子花明白石岸桃枝竹覆翠嵐溪分明似對天台洞
應厭頑仙不肯迷

絶壑秖憐白羽傲窮谿唯覺錦鱗癡更深尚有通樵處
或是秦人未可知

高下不驚紅翡翠淺深還礙白薔薇船頭繫個松根上
欲待逢仙不擬歸

奉和三絶次韻

樹號相思枝拂地鳥語提壺聲滿溪雲涯一里千萬曲直是漁翁行也迷

荒柳卧波渾似困宿雲遮塢未全癡雲情柳意蕭蕭會若問諸餘總不知

每逢孤嶼一倚欄便欲狂歌同採薇任是烟蘿中待月不妨欹枕扣舷歸

松陵集卷七

欽定四庫全書

松陵集卷八

唐 陸龜蒙 編

今體七言詩八十四首

白鷗詩并序

樂安任君嘗為涇尉居吳城中地纔數畝而不佩俗物

有池池中有島嶼池之南西北邊合三亭修篁嘉木掩

隱隈奥處其一不見其二也君好奇樂異喜文學名理

之士所得皆清散凝瑩襲美知而偕詣既坐有白鷗翩然馴於砌下因請浮而翫之主人曰池中之族老矣每以豪健據有鷗之始浮輙逐而害之今畏不敢入吁昔人之心蓄機事猶或舞而不下况害之哉且羽族麗於水者多矣獨鷗為閑暇其致不高邪一旦水有鯨鯢之患陸有狐狸之憂儔侶不得命嘯塵埃不得澡刷雖蒙人之留賞亦天地之窮鳥也感而為詩邀襲美同作

慣向溪頭漾淺沙薄烟微雨是生涯時時失伴沈山影

往往爭飛雜浪花晚樹清涼還斷鵁舊巢零落寄蒹葭池塘信美應難戀針在魚脣劒在鰕

奉和　皮日休

雪羽褵褷半惹泥海雲深處舊巢迷池無飛浪爭教舞洲少輕沙若遣棲烟外失羣慙鴈鶩波中得志羨鳧鷖主人恩重真難遇莫為心孤憶舊溪

懷楊台文楊鼎文二秀才

秋蠶相逢待得春崇蘭清露小山雲崇蘭小山郡中二堂寒花獨

自愁中見曙角多同醒後閒釣具每隨輕舸去詩題閒向小樓分重思醉墨縱横甚書破羊欣白練裙

奉和次韻　皮日休

羊曇留我昔經春各以篇章鬭五雲賓草每容閒處見擊琴多任醉中聞釣前青翰交加倚醉後紅魚取次分爲説風標曾入夢上仙初著翠霞裙

友人以人參見惠因以詩謝之　皮日休

神草延年出道家（神草別名）是誰披露記三椏開時的定涵

雲液斵後還應帶石花名士寄來消酒渴野人煎處撇泉華從今湯劑如相續不要金山焙上茶

奉和

五葉初成椵樹陰紫團峰外即鷄林名參鬼蓋須難見材似人形不可尋品第已聞升碧簡攜持應合重黃金殷勤潤取相如肺封禪書成動帝心

傷進士嚴子重詩并序　皮日休

余為童在鄉校時簡上抄杜舍人牧之集見有與進士

嚴惲詩後至吳一日有客曰嚴某余志其名久矣還懷文見造於是樂得禮而覿之其所為工於七字往往有清便柔媚時可軼駭於常軌其佳者曰春光冉冉歸何處更向花前把一杯盡日問花花不語為誰零落為誰開余美之諷而未嘗怠生舉進士亦十餘計偕余方冤之謂乎竟有得於時也未幾歸吳與後兩月咸通十一年也雲人至云生以疾亡於所居矣噫生徒以詞聞於士大夫竟不名而逝豈止此而湮沒耶江湖多美利士君子苟

樂退而有文者死無不為時惜可勝言邪於是哭而為
詩魯望生之友也當為我同作

十哭都門塚上塵蓋棺終是五湖人生前有敵惟丹桂
沒後無家祇白蘋箬下漸新醒處月江南依舊咏來春
知君精爽應無盡必在酆都頌帝晨（梁成酆都官頌紂絕標帝晨）

嚴子重以詩遊於名勝間舊矣余晚於江南相遇
甚樂不幸且沒襲美作詩序而弔之其名真不
朽矣又何戚其死哉余因息悲而為之和

每值江南日落春十年詩酒愛逢君芙蓉湖上吟船倚
翡翠巖前醉馬分衹有汀洲連舊業豈無章疏動遺文
猶憐未卜佳城處更斲要離冢畔雲

蚤秋吳體寄襲美

荒庭古樹只獨倚敗蟬殘蛩苦相仍雖然詩膽大於斗
爭奈愁腸牽似繩短燭初添蕙幌影微風漸折蕉衣稜
安得彎弓似明月快箭拂下西飛鵬

奉和次韻　皮日休

書淫傳癖窮欲死譊譊何必頻相仍日乾陰蘚厚堪剥
籐杷倚松牢似繩檮藥香侵白袷袖穿雲潤破烏紗稜
安得瑶池飲美酒半醉騎下垂天鵬

秋賦有期因寄襲美時將主試貢士

雲似無心水似閒忽思名在貢書閒烟霞鹿弁聊緜著
鄰里漁舠暫解還文草病來猶滿篋藥苗衰後即離山
廣寒宫樹枝多少風送高低便可攀

奉和次韻　　皮日休

十載江南盡是閒客兒詩句滿人間郡候聞譽親邀得
鄉老知名不放還應帶瓦花經汴水更攜雲實出包山
太微宮裏環岡樹無限瑤枝待爾攀

病中秋懷寄襲美

病容愁思苦相兼清鏡無情未我嫌貪廣異蔬行徑窄
故求偏藥出錢添同人散後休賒酒雙燕辭來始下簾
更有是非齊未得重憑詹尹拂龜占

奉和次韻　皮日休

貧病於君亦太兼才高應亦被天嫌因分鶴料家資減為置僧餐口數添靜裏改詩空憑几寒中注易不開簾清詞一二侵宰相甘取窮愁不用占

新秋即事三首　皮日休

癡號多於顧愷之更無餘事可從知酒坊更到常先見鶴料符來每探支吳郡有鶴料券涼後每謀清月社晚來專赴白蓮期共君無事堪相賀又到金虀玉鱠時

堪笑高陽酒病徒幅巾瀟灑在東吳秋期淨掃雲根瘦

山信迴緘乳管麤白月半窓抄朮序清泉一器授芝圖
乞求待得西風起盡(去聲)挽烟帆入太湖

露槿風杉滿曲除高秋無事似雲廬醉多已任家人厭
病後還甘吏道踈青桂巾箱時寄藥白綸卧具半拋書
君卿脣舌非吾事且向江南問鰒魚

奉和次韻

心似孤雲任所之世塵中更有誰知愁尋冷落驚雙鬢
病得清涼減四支懷舊藥溪終獨往宿枯杉寺已頻期

兼須為月求高處即是霜輪殺滿時

帆幟衣裳盡釣徒往來蹤跡徧三吳閒中展卷興亡小
醉後題詩點畫麤松島伴譚多道氣竹窻孤夢豈良圖
還須待致昇平了即任扁舟放五湖

聲利從來解破除秋灘惟憶下桐廬鷓鴣陣合殘陽少
蜻蛚吟高冷雨疎辯伏南華論指指才非玄晏借書書
當時任使真堪笑波上三年學炙魚

南陽潤卿將歸雷平因而有贈　皮日休

借問山中許道士此迴歸去復何如竹屛風扇抄遺事
柘步輿竿繫隱書絳樹實多分紫鹿丹沙泉落種紅魚
東鄉旄節看看至靜啟茅齋慎掃除

奉和

朝市山林隱一般却歸那減臥雲懽墮堦紅葉誰收得
半盎清醪客醉乾玉筊詩成吟處曉金沙泉落夢中寒
真仙若降如相問曾步星罡繞醮壇

訪寂上人不遇　皮日休

何處尋雲暫廢禪客來還寄草堂眠桂寒自落翻經案
石冷空消洗鉢泉爐裏尚飄殘玉篆龕中仍鎖小金仙
須將二百籖迴去待得支公恐隔年

奉和

芭蕉霜後石欄荒林下無人閉竹房經抄未成拋素几
錫環應撼過寒塘蒲團為拂浮埃散茶器空懷碧餙香
蚕晚却還宗炳社夜深風雪對禪床

顧道士亡弟子乞銘於襲美既而奉以束帛因賦

戲贈

童初真府召為郎君與抽毫刻便房亦謂神仙同許郭不妨才力似班揚比於黃絹詞尤美酬以霜縑價未當惟我有文無賣處筆鋒銷盡墨池荒

奉和　皮日休

師去東華却鍊形門人求我誌金庭大椿枯後新為記仙鶴亡來始有銘前輩文集未有道士銘誌瓊版欲刊知不朽冰紈將受恐通靈君才莫歎無茲分合注神玄劒解經

秋夕文宴　得遥字　皮日休

啼螿衰葉共蕭蕭文宴無喧夜轉遥高韻最宜題雪讚逸才偏稱和雲謡風吹翠蠟應難刻月照清香太易消無限玄言一盃酒可能容得蓋寬饒

同前　得成字

筆陣初臨夜正清擊銅遥認小金鉦飛觥壯若遊燕市覓句難於下趙城隔嶺故人應會憶傍簷棲鳥帶吟驚

梁王座上多詞客五韻甘心第七成　梁昭明嘗文宴賦詩各五韻劉孝威

第七方成

南陽廣文欲於荊襄卜居因而有贈

皮日休

地肺從來是福鄉廣文高致更無雙青精飯熟雲侵竈白䘸裘成雪濺窗度日竹書千萬字經冬朮煎兩三缸鱸魚自是君家味莫背松江憶漢江

代廣文先生酬次韻

不知天隱在何鄉且欲烟霞跡暫雙鶴廟未能齊月馭

鹿門聊擬竝雲窻蘚銜荒磴移桑展花浸春醪挹石缸
莫惜槎頭容釣伴也應東印有餘江

寄毘陵魏處士朴　皮日休

丈籍先生不肯官絮巾衝雪把漁竿一堆方册為侯印
三級幽巖是將壇醉少最因吟月冷瘦多偏為卧雲寒
免皮衾煖篷舟穩欲共誰遊七里灘

奉和

經苑初成墨沼開何人林下肯尋來若非宗測圖山後

即是韓康賣藥迴溪籟自吟朱鷺曲沙雲還作白鷗媒
唯應地主公田熟時送君家麴糵材

初冬偶作寄南陽潤卿

寓居無事入清冬雖設樽罍酒半空白菊為霜翻帶紫
蒼苔因雨却成紅迎潮預遣収魚笱防雪先教蓋鶴籠
唯待支硎最寒夜共君披氅訪林公

奉和次韻　　皮日休

逐日生涯敢計冬可嗟寒事落然空窓憐反照緣書小

庭喜新霜為橘紅衰柳尚能和月動敗蘭猶擬倩烟籠
不知海上今清淺試與飛書問洛公

冬曉章上人院　皮日休

山堂冬曉寂無聞一句清言憶領軍琥珀珠粘行處雪
椶櫚箒掃臥來雲松扉欲啟如鳴鶴石鼎初煎若聚蚊
不是戀師歸去晚陸機茸內足毛羣

奉和

山寒偏是曉來多況值禪窻雪氣和病容功夫經未演

故人書信納新磨閒臨静案修茶品獨傍深溪記藥科從此逍遥知有地更乘清月伴君過

寄題鏡巖周尊師所居詩并序　皮日休

處州仙都山山之半有洞口下望之如鑑目之曰鏡巖下去地二百尺上者以竹梯為級中如方丈内有乳水滴瀝嵌鏬黄老徒周君景復居焉迨八十年不食乎粟日唯焚降真香一炷讀靈寳度人經而已東牟段公柯昔為州日聞其名梯其室以造之且曰君居此久矣乳

水之滴晝夜可知量乎周君曰某常揣之晝晝與夜一
斛加半焉公異而禮之後柯别十二年日休至吳處人
過説周君尚存吟想其道無由以覩因寄題是詩云
八十餘年住鏡巖鹿皮巾下雪髟髟㶁寒不奈雲縈枕
經澗何妨乳滴函飲澗猿迴窺絶洞緣梯人歇倚危杉
如何計吏窮於鳥欲望仙都舉一帆
奉和
見説身輕鶴不如石房無侶共雲居清晨自削靈香梯

獨夜空吟碧落書十洞飛精應徧吸一莖秋髮未曾梳
知君便入懸珠會蚤晚東騎白鯉魚

寒夜文宴　得泉字　皮日休

分明競襞七香牋王朗風姿盡列仙盈篋共開華頂藥
滿餅同拆惠山泉蟹因秋老金膏溢橘為風多玉腦鮮
吟罷不知詩首數隔林明月過中天

同前　得鷺字

各將寒調觸詩情旋見微澌入硯生霜月滿庭人暫起

汀洲半夜鴈初驚三清每為仙題想一日多因累句傾
千里建康衰草外含毫誰是憶昭明
庚寅歲十一月新羅宏惠上人與本國同書請日
休為靈鷲山周禪師碑將還以詩送之
皮日休
三十麻衣弄渚禽豈知名字徹鷄林勒銘雖即多遺草
越海還能抵萬金鯨鬣曉掀峯正燒鼇籠晴夜没島還陰
二千餘字終天别東望辰韓淚灑襟

奉和

一函迢遞過東瀛祇為先生處乞銘已得雄詞封靜檢却懷孤影在禪庭春過異國人應寫夜讀滄洲怪亦聽遥想勒成新塔下盡望空碧禮文星

送潤卿博士還華陽　皮日休

雪打篷舟離酒旗華陽居士半酣歸逍遥只恐逢雲將恬澹真應降月妃仙市鹿胎如錦嫩陰宮燕肉似蘇肥公車草合蒲輪壞爭不教他白日飛

同前

何事輕舟近臘迴茅家兄弟欲歸來茅司命以三月十八日十二月二日會於華陽天

封題王洞虛無奏點撿霜壇流瀣杯雲肆先生分氣調山圖公子愛詞才殷勤為向東卿薦灑掃含真雪後臺

寒日書齋即事三首　皮日休

參佐三間似草堂恬然無事可成忙移時寂歷燒松子盡日殷勤拂乳牀將近道齋先衣褐欲清詩思更焚香

空庭好待中宵月獨禮星辰學步罡

不知何事有生涯皮褐親裁學道家深夜數甌唯柏葉清晨一器是雲華雲母別名盆池有鷺窺蘋沫石版無人掃桂花江漢欲歸應未得夜來頻夢赤城霞

方朔家貧未有車肯從榮利捨樵漁從公未怪多侵酒見客唯求轉借書暫聽松風生意足偶看溪月世情疎如鉤得貴非吾事合向烟波為玉魚松江有玉魚

奉和每篇各用一韻

不必探幽上欝岡公齋吟嘯亦何妨唯求薏苡供僧食
別著氍毹待客牀春近帶烟分短蕙曉來衝雪槭疎篁
餘杭山酒猶封在遥囑高人未肯嘗
已上星津八月槎文通猶自學丹砂江文通有丹砂可學賦仙經
寫得空三洞隱士招來別九華靜對真圖呼録齒偶閒
神室問黃牙方諸更是憐才子錫賚於君合有差
名價皆酬百萬餘尚憐方丈講玄虛西都賓問曾成賦
東海人求近著書龔美嘗作予江都賦又新羅僧請為太師碑銘茅洞烟霞侵

寤寐檀溪風月挂樵漁清朝還要廷臣在兩地寧容便結廬

臘後送内大德從勗遊天台　皮日休

講散重雲下九天大君恩賜許隨緣霜中一鉢無辭乞湖上孤舟不廢禪夢入瓊樓寒有月天台山有金庭不死之鄉及瓊樓玉室行過石樹凍無烟案消山有石樓樹吳大皇元年郡吏伍曜于海際得之枝莖紫色有光南越謂之石連理也他時瓜鏡知何用吳越風光滿御筵

奉和

應緣南國盡南宗欲訪靈溪路暗通溪在天台山下歸思不離
雙闕下去程猶在四明東銅缾淨貯桃花雨金策閑披麥
穗風上人指期國清過夏若戀吾君先拜疏為論台岳未封公

寄題玉霄峯葉涵象尊師所居　皮日休

青冥向上玉霄峯元始先生戴紫容曉案瓊文光洞壑
夜壇香氣惹杉松閑迎仙客來為鶴靜噀靈符去是龍
子細捫心無偃骨欲隨師去肯相容偃骨在胸者名入星晉

奉和

天台一萬八千丈師在浮雲端掩扉永夜祗知星斗大深秋猶見海山微風前幾降青毛節雪後應披白羽衣南望烟霞空再拜欲將飛魄問靈威

南陽廣文博士還雷平後寄

微微春色染林塘親撥烟霞坐澗房陰洞雪膠知未入濁醪風破的偷嘗芝臺曉用金鐺煮星度閒將玉鈴量幾遍侍晨官欲降曙壇先起獨焚香

奉和次韻　　皮日休

春彩融融釋凍塘日精閒燕坐巖房瓊函靜啟從猿覷
金液初開與鶴嘗八會舊文多搭寫七真遺語剩思量
不知夢到為何處紅藥滿山烟月香

題支山南峯僧　皮日休

雲侵壞衲重隈肩不下南峯不記年池裏羣魚曾受戒
林閒孤鶴欲參禪鷄頭竹上開危徑鴨脚花中擿廢泉
無限吳都堪賞事何如來此看師眠

奉和次韻

眉毫霜細欲垂肩自說初棲海鶴年萬壑烟霞秋後到
一林風雨夜深禪時翻貝葉添新藏閒揷松枝護小泉
好是清冬無外事匡牀齋罷向陽眠

送董少卿遊茅山　皮日休

名御風度足杓斜一舸閒尋二許家天影曉通金井水
山靈深護玉門沙空壇禮後銷香母陰洞緣時觸乳花
盡待于公作廷尉（御嘗為大理用法有廉平之稱）不須從此便餐霞

同前

威輦高懸度世名至今仙裔作公卿將隨羽節朝珠闕曾佩魚符管赤城董嘗判台州雲凍尚含孤石色雪乾猶墮古松聲應知四扇靈方在待取歸時綠髮生

襲美將以綠罽為贈因成四韻

三徑風霜利若刀襜褕吹斷罥蓬蒿病中祇自悲龍具世上何人識羽袍狐貉近懷珠履貴薜蘿遙羨白巾高陳王輕暖如相遺免製衰荷效廣騷

詶魯望見迎綠罽次韻　皮日休

輕裁鴨綠任金刀不怕西風斷野蒿酬贈既無青玉案纖華猶欠赤霜袍烟披怪石難同逸竹映仙禽未勝高成後料君無別事只應酣飲詠離騷

寄懷南陽潤卿　皮日休

鹿門山下捕魚郎今向江南作渇羌無事只陪看藕樣有錢唯欲買湖光醉來渾忘移花處病起空聞焙藥香何事對君猶有媿一篷衝雪返華陽

奉和

高抱相逢各絶塵水經山疏不離身才情未擬湯從事玄解猶嫌竺道人霞染洞泉渾變紫雪披江樹半和春誰憐故國無生計惟種南塘二畝芹

天竺寺八月十五日夜桂子　皮日休

玉顆珊珊下月輪殿前拾得露華新至今不會天中事應是嫦娥擲與人

奉和

霜實常聞秋半夜天台天竺墮雲岑垂拱中天台桂子落一十餘日方止

如何雨地無人種却是湘灘是桂林

釣侶二章　皮日休

趂眠無事避風濤一斗霜鱗換濁醪吳中賣魚論斗驚怪兒童呼不得盡衝烟雨漉車螯

嚴陵灘勢似雲崩釣具歸來放石層烟浪濺篷寒不睡更將枯蚌點漁燈

奉和次韻

一艇輕橕看晚濤接羅抛下漉春醪相逢便倚蒹葭泊

更唱淺歌擘蟹螯
雨後沙虚古岸崩魚梁移入亂雲層歸時月墮汀洲暗
認得妻兒結網燈
寄同年韋校書　皮日休
二年疎放飽江潭水物山容盡足耽惟有故人憐未替
欲封乾鱠寄終南
奉和
萬古風烟滿故都清才搜括妙無餘可中寄與芸香客

便是江南地里書

初冬偶作　皮日休

豹皮茵下百餘錢劉墮閒沽盡醉眠酒病校來無一事鶴亡松老似經年

奉和次韻

桐下空堦疊緑錢貂裘初綻擁高眠小爐低幌還遮掩酒滴清香似去年

醉中寄魯望一壺并一絶　皮日休

門巷寥寥空紫苔先生應渴解醒杯醉中不得親相倚故遣青州從事來

走筆次韻奉訓

酒痕衣上雜莓苔猶憶紅螺一兩杯正被繞籬荒菊笑日殘還有白衣來

更次來韻寄魯望　　皮日休

蕭蕭紅葉擲蒼苔玄晏先生欠一杯從此問君還酒債顏延之送幾錢來

又和次韻

堦下飢禽啄嫩苔野人方倒病中杯寒蔬賣却還沽喫可有金貂換得來

重玄寺雙矮檜　　皮日休

撲地枝迴是翠鈿碧絲籠細不成烟應如天竺難陀寺一對狻猊相枕眠

奉和

可憐烟刺是青螺如到雙林誤禮多更憶蚕秋登北固

海門蒼翠出晴波

醉中戲贈襲美

南北風流舊不同儋吳今日若相通病來猶伴金杯滿
欲得人呼小褚公

奉詶次韻　皮日休

秦吳風俗昔難同唯有才情事事通剛戀水雲歸不得
前身應是太湖公

皐橋　皮日休

皐橋依舊緑楊中閭里猶生隱士風唯我到來居上館不知何道勝梁鴻

奉和

横絶春流架斷虹凭欄猶想五噫風今來未必非梁孟却是無人繼伯通

松陵集卷八

欽定四庫全書

松陵集卷九

唐　陸龜蒙　撰

今體五七言詩八十六首

過張祜處士丹陽故居并序　進士顔萱

萱與故張處士祜世家通舊尚憶孩稚之歲與伯氏嘗承處士撫抱之仁目嘗輅為神童期孔融於偉器光陰徂謝二紀於兹適經其故居已易他主訪遺孤之所止

則距故居之右二十餘步荆榛之下蓽門敞焉處士有四男一女男曰椿兒桂子椅兒杞兒問之三已物故惟杞為遺孕與其女尚存欲揖杞與言則又求食於汝墳矣但有霜鬢而黄冠者杖策迎門乃昔時愛姬崔氏也與之話舊歷然可聽嗟乎葛帔練裙兼非所有琴書圖籍盡屬他人又云横塘之西有故田數百畝力既貧窶十年不耕唯歲賦萬錢求免無所嗚呼昔為穆生置醴

鄭公立鄉者復何人哉因吟五十六字以聞好事者

憶昔為兒逐我兄曾抛竹馬拜先生書齋已換當時主
詩壁空題故友名豈是爭權留怨敵可憐當路盡公卿
柴扉草屋無人問猶向荒田責地征

和張處士詩并序

張祜字承吉元和中作宮體小詩辭曲艷發當時輕薄
之流能其才合譟得譽及老大稍窺建安風格誦樂府
錄知作者本意短章大篇往往間出諷諫怨譎時與六
義相左右善題目佳境言不可刊置别處此為才子之

最也由是賢俊之士及高位重名者多與之游謂有鵠
鷺之野孔翠之鮮竹柏之貞琴磬之韻或薦之於天子
書奏不下亦受辟諸侯府性狷介不容物輒自劾去以
曲阿地古澹有南朝之遺風遂築室種樹而家焉性嗜
水石常悉力致之從知南海間罷職載羅浮石笋還不
蓄善田利産為身後計死未二十年而故姬遺孕凍餒
不暇前所謂鵠鷺孔翠竹柏琴磬之家雖朱輪尚棄遺
編尚吟未嘗一省其孤而恤其窮也噫人假之為翫好

不根於道義耶懼其怨刺於神明耶天果不愛才沒而猶譴耶吾一不知之友人顏弘至行江南道中訪其廬作詩序而弔之屬余應和予汨沒者不足哀承吉之道邀襲美同作庶乎承吉之孫倚其傳而有憐者

勝華通子共悲辛荒徑今為舊宅鄰一代交遊非不貴

五湖風月合教貧魂應絕地為才鬼名與遺編在史臣

聞道平生偏愛石至今猶泣洞庭人

魯望憫承吉之孫為詩序邀余屬和欲用予道振

其孤而利之噫承吉之困身後乎魯望視予困
與承吉生前奚若哉未有已困而能振人者然
抑為之辭用塞良友之意　皮日休
先生清骨葬烟霞業破孤存孰為嗟幾篋詩編分貴位
一林石笋散豪家兒過舊宅啼楓影姬繞荒田泣稗花
惟我共君堪便戒莫將文譽作生涯
旅泊吳門呈一二同志　前廣文博士張賁
一舸吳江晚堪憂病廣文鱸魚誰與伴鷗鳥自成羣反

照縱橫水斜空𧗝續雲異鄉無限思盡付酒醺醺

奉詶次韻

高秋能叩觸天籟忽成文若調雖潛倚靈音自絶羣茅峯曾醮斗笠澤久眠雲許伴山中躅三年任一醺

賁中閒有吳門旅泊之什多埀見和更作一章以伸詶謝

偶發陶匏響皆蒙組繡文清秋將落帽子夏正離羣有憾書燕鴈無聊賦郢雲徧看心自醉不是酒能醺

更次韻奉訓

獨倚秋光岸風漪學簞文玄堪教鳳集書好換鵞羣葉
隨平臺月香消古徑雲强歌非白紵聊以送餘醺

魯望示廣文先生吳門二章情格高散可醒俗態
因追想山中風度次韻屬和存於詩編魯望之
命也　　　　皮日休

我見先生道休思鄭廣文鶴翻希作伴鷗却覓為羣逸
好冠清月高宜著白雲朝廷未無事爭任醉醺醺

能諳肉芝樣解講隱書文終古神仙窟窮年麋鹿羣行
厨煮白石卧具拂青雲應在雷平上支頤復半醺

寄潤卿博士　　皮日休

高眠可為要玄纁鷸尾金爐一世焚陶貞白有金鷸尾香爐塵外
鄉人為許椽山中地主是茅君將收芝菌唯防雪欲曬
圖書不奈雲若便華陽終卧去漢家封禪用誰文

訓龔美先輩見寄倒來韻　　張賁

尋疑天意喪斯文故選茅峯寄白雲酒後只留滄海客

香前唯見紫陽君近年已絕詩書癖今日兼將筆硯焚

為有此身猶苦患不知何者是玄纁

奉和龔美寄廣文先生

忽辭明主事真君直取姜巴路入雲龍篆拜時輕誥命

霓襟披後小玄纁峰前壯帝三元會石上東卿九錫文

應笑世間名利火等閒靈府剩先焚

軍事院霜菊盛開因書一絕寄上諫議

皮日休

金華千點曉霜凝獨對壺觴又不能已過重陽三十日
至今猶自待王弘

奉詶霜菊見贈之什　蘇州刺史崔璞

菊花開晚過秋風聞道芳香正滿叢爭奈病夫難強飲
應須速自召車公

奉和諫議詶先輩霜菊

紫莖芳艷照西風衹怕霜華掠斷叢雖伴應劉還強醉
路人終要識山公

幽居有白菊一叢因而成詠呈一二知己

還是延年一種材（菊之別名）即將瑤朵冒霜開不如紅艷臨歌扇欲伴黃英入酒杯陶令接羅堪岸著梁王高屋好欹來（梁朝有白紗高屋帽）月中若有閑田地為勸嫦娥作意栽

奉和　張賁

雪彩冰姿號女華寄身多是地仙家有時南國和霜立幾處東籬伴月斜謝客瓊枝空貯恨袁郎金鈿不成夸自知終古清香在更出梅妝弄晚霞

奉和　皮日休

已過重陽半月天琅花千點照寒烟蘂香亦似浮金靨
花樣還如鏤玉錢翫影馮妃堪比艷鍊形蕭史好爭妍
無由摘向牙箱裏飛上方諸贈列仙

奉和　進士鄭璧

白艷輕明帶露痕始知佳色重難羣終朝凝笑梁王雪
盡日慵飛蜀帝雲燕雨似翻瑤渚浪鴈風疑卷玉綃紋
瓊妃若會寬裁剪堪作蟾宫夜舞裙

奉和　　進士司馬都

耽共金英一例閑素芳須待蚤霜催遠籬看見成瑤圃泛酒初迷傍玉盃映水好將蘋作伴犯寒疑與雪為媒夫君每尚風流事應為徐妃致此栽

華亭鶴聞之舊矣及來吳中以錢半千得一隻養之殆經歲不幸為飲啄所誤經夕而卒悼之不已遂繼以詩南陽潤卿博士浙東德師侍御毗陵魏不琢處士東吳陸魯望秀才及厚於余者

悉寄之請垂見和　皮日休

池上低摧病不行誰教仙魄反層城陰苔尚有前朝跡皎月新無昨夜聲菰米正殘三日料筠籠休礙九霄程不知此憾何時盡遇著雲泉即愴情

莫怪朝來淚滿衣墜毛猶傍水花飛遼東舊事今千古却向人間葬令威

奉和襲美先輩悼鶴二首

前浙東觀察推官兼殿中侍御史李縠

才子襟期本上清陸雲家鶴伴閒情猶憐反顧五六里何意忽歸十二城露滴誰聞高葉墜月沈休籍半堦明人間華表堪留語剩向秋風寄一聲

道林曾放雪翎飛應悔庭除閉羽衣料得王恭披鶴氅倚吟猶待月中歸

奉和　張賁

池塘蕭索掩空籠玉樹同嗟一土中莎徑罷鳴唯泣露松軒休舞但悲風丹臺舊氅難重緝紫府新書豈更通

雲減霧消無處問只留華髮與衰翁
渥頂鮮毛品格馴莎庭閒暇重難羣無端日暮東風起
飄散春空一片雲
奉和　　　　　　　　　鄭　壁
一夜圓吭絶不鳴八公虛道得千齡方添上客雲眠思
忽伴中仙劒解形但掩叢毛穿古堞永留寒影在空屏
君才幸自清如水更向芝田為刻銘
酆都香稻字重思遙想飛魂去未饑爭奈野鵶無數健

黄昏來占舊棲枝

奉和

直欲裁詩問杳冥豈教靈化亦浮生風林月動疑留魄沙島烟愁似蘊情雪骨夜封蒼蘚冷練衣寒在碧塘輕人間飛去猶堪恨況是泉臺遠玉京

經秋宋玉已悲傷況報胎禽昨夜亡霜曉起來無問處伴僧彈指繞荷塘

傷開元觀顧道士　皮日休

協晨宮上啟金扉詔使先生坐蜕歸鶴有一聲應是哭
丹無餘粒恐潛飛烟凄玉笥封雲篆月慘琪花葬羽衣
腸斷雷平舊遊處五芝無影草微微

奉和　張賁

鳳麟膠盡夜如何共歎先生劒解多幾度弔來唯白鶴
此時乘去必青騾圖中含景隨殘照琴裏流泉寄逝波
悵望真靈又空返玉書誰授紫微歌

奉和　鄭壁

何事神超入杳冥不騎孤鶴上三清多應白簡迎將去
却是朱陵鍊更生藥奠肯同椒醑味雲謡空替薤歌聲
武皇徒有飄飄思誰問山中宰相名

奉和

斜漢銀瀾一夜東飄飄何處五雲中空留華表千年約
纔畢丹爐九轉功形蜕遠山孤壙月影寒深院曉松風
門人不覩飛升去猶與浮生哭恨同

醉中即席贈潤卿博士　　皮日休

適越遊吳一散仙銀餅玉柄兩翛然茅山頂上樵書簏
笠澤心中漾酒船桐木布溫吟倦後桃花飯熟醉醒前
謝安四十餘方起猶自高閑得數年

奉和次韻　　　　　　　　　　　張　賁

桂枝新下月中仙學海詞鋒譽藹然文陣已推忠信甲
窮波猶認孝廉船清標稱住羊車上俗韻慚居鶴氅前
共許逢蒙快弓箭再穿楊葉在明年

奉和次韻

共是虛皇簡上仙清詞如羽欲飄然登山凡著幾兩屐破浪欲乘千里船遠夢只留丹井畔閒吟多在酒旗前誰知海上無名者只記漁歌不記年

偶留羊振文先輩及一二文友小飲日休以眼病初平不敢飲酒遣侍密歡因成四韻

謝莊初起怯花晴强侍紅筵不避觥久斷盃盂華蓋喜忽聞歌吹谷神驚𢁉褷正重新開柳呫囁難通乍囀鶯猶有僧虔多蜜炬不辭相伴到天明

奉和龔美見留小讌次韻　　羊昭業

澤國春來火還晴有花開日且飛觥王戎似電休推病周顗纔醒衆却驚芳景漸濃偏屬酒暖風初暢欲調鶯知君不肯燃官燭争得華筵徹夜明

龔美留振文小宴龜蒙抱病不赴猥示倡和因次韻仰訓

綺席風開照露晴祗將荼荈代雲觥繁絃似玉紛紛碎佳妓如鴻一一驚毫健幾多飛藻客羽寒寥落映花鶯

幽人獨自西窻晚閒凭香檉反照明

醉中襲美先起因成戲贈　李　縠

休文雖即逃瓊液阿鶩還須掩玉閨月落金鷄一聲後不知誰悔醉如泥

走筆奉訓次韻　皮日休

麝烟冉冉生銀兔蠟淚漣漣滴繡閨舞袖莫欺先醉去醒來還解驗金泥

奉和次韻　張　賁

何事桃源路忽迷唯留雲雨怨空閨仙郎共許多情調
莫遣重歌濁水泥

奉和次韻

莫唱艷歌凝翠黛已通仙籍在金閨他時若寄相思淚
紅粉痕應伴紫泥

奉送浙東德師侍御罷府西歸　張賁

孤雲獨鳥本無依江海重逢故舊稀楊柳漸疎蘆葦白
可堪斜日送君歸

同前　　皮日休

王謝遺踪玉籍仙三年閒上鄂君船詩懐白閣僧吟苦俸買青田鶴價偏行次野楓臨遠水醉中衰菊卧涼烟芙蓉散盡西歸去唯有山陰九萬牋

同前

建安才子太微仙暫上金臺許二年形影欲歸温室樹夢䰟猶傍越溪蓮空將海月為京信尚使樵風送酒船從此受恩知有處免為傖鬼恨吳天

浙東罷府西歸道經吳中廣文張博士皮先輩陸秀才皆以雅篇相送不量荒詞亦用訓别

李𣪊

豈有頭風筆下痊浪成蠻語向初筵蘭亭舊址雖曾見柯笛遺音更不傳照曜文星吳分野留連花月晉名賢相逢只憾相知晚一曲驪歌又經年

送羊振文先輩往桂陽歸覲

風雅先生去一麾過庭才子趣歸期時使君丈人自毛詩博士出牧讓

王門外開帆葉義帝城中望戟枝郢路漸寒飄雪遠湘波初暖漲雲遲靈均精魄如能問又得千年賈傅詞

同前　皮日休

桂陽新命下彤墀彩服行當欲雪時登第已聞傳禰賦問安猶聽講韓詩竹人臨水迎符節（曹毘湘中賦云竹賓當食人）風母穿雲避信旗（桂陽山中有風母獸擊殺向風輒活）無限湘中悼騷憾憑君此去謝江蘺

同前　顏萱

高掛吳帆喜動容問安歸去指湘峰懸魚庭内芝蘭秀
馭鶴門前薜荔封蘇耽舊宅在柳州紅旆正憐棠影茂綵衣偏
帶桂香濃臨岐獨有霑襟戀南巷當年共化龍先輩與拾遺叔父同年也

同前　司馬都

此去懽榮冠士林離筵休憾酒杯深雲梯萬仞初高步
月桂餘香尚滿襟鳴棹曉衝蒼靄發落帆寒動白華吟
君家祖德唯清苦却笑當時問絹心

褚家林亭　　皮日休

廣庭遥對舊娃宫竹島蘿溪委曲通茂苑樓臺低檻外太湖魚鳥徹池中蕭疎桂影移茶具狼籍蘋花上釣筩爭得共君來此住便披鶴氅對清風

奉和　　張賁

疎野林亭震澤西朗吟閒對喜相攜時時風折蘆花亂處處霜摧稻穗低百本敗荷魚不動一枝寒菊蝶空迷今朝偶得高陽伴從放山公醉似泥

奉和

一陣西風起浪花遶欄干下散瑶華高窓曲檻仙侯府
卧葦荒莝白鳥家孤島待寒凝片月遠山終日送餘霞
若知方外還如此不要乘秋上海槎

送圓載上人歸日本國　皮日休

講殿談餘著賜衣椰帆却返舊禪扉貝多紙上經文動
如意瓶中佛爪飛颶母影邊持戒宿波神宮裏受齋歸
家山到日將何入白象新秋十二圍

重送

雲濤萬里最東頭射馬臺深王署秋（射馬臺即今王城也）無限屬城爲鰈國幾多分界是亶州（州在會稽海外傳是徐福之裔）取經海底開龍藏誦咒空中散蜃樓不奈此時貧且病乘桴直欲伴師遊

同前

老思東極舊巖扉却待秋風泛舶歸曉梵陽烏當石磬夜禪陰火照田衣見翻經論多盈篋遷親植杉松大幾圍

遙想到時思魏闕，祇應遙拜望斜暉

聞圓載上人挾儒家書洎釋典以行更作一絶以送

九流三藏一時傾萬軸光凌瀚澥聲從此遺編東去後却應荒外有諸生

同前　顏萱

師來一世恣經行却汎滄波問去程心靜已能防渴鹿鼙喧時為駭長鯨師云每遇鯨舟人必鳴鼓而恐之禪林幾結金桃重

日本有金桃實重一斤梵室重修鐵瓦輕以鐵為瓦輕於陶者料得還鄉無

別利只應先見日華生

文讌招潤卿博士辭以道侶將至因書一絕寄之

仙客何時下鶴翎方瞳如水腦華清不過傳達楊君夢

從許人間小兆聽

奉和　皮日休

癭木樽前地胏圖為君偏綴俗功夫靈真散盡光來此

莫戀安妃在後無

再招

遥知道侣談玄次又是文交麗事時雖是寒輕雲重日也留花箪待徐摛

奉和　　皮日休

飇御已應歸杳眇博山猶自對氤氲不知入夜能來否紅蠟先教刻五分

偶約道流終乖文會因成一絶用荅四篇　　張　賁

仙侶無何訪蔡經兩煩韶䕶出彤庭人間若有登樓望
應怪文星近客星

以青䭀飯分送襲美魯望　張賁

誰屑瓊瑤事青䭀舊傳名品出華陽應宜仙子胡麻拌

因送劉郎與阮郎

潤卿遺青䭀飯兼之一絶聊用荅謝　皮日休

傳得三元䭀飯名大宛聞說有仙卿（案西梁子文撰黄錦素書十通其二

傳大茅北谷子自號青精先生分泉過屋舂青稻此飯以青龍稻為之拂霧彯衣折紫莖南燭莖微紫色蒸處不教雙鶴見服來唯怕五雲生草堂空坐無饑色時把金津漱一聲

同前

舊聞香積金仙食今見青精玉斧餐自笑鏡中無骨錄可能飛上紫霞端

酒病偶作　皮日休

鬱林步障晝遮明一炷濃香養病酲何事晚來還欲飲

隔墻聞賣蛤蜊聲

奉和次韻　　張賁

柳疎桐下晚窻明祇有微風為祈醒唯欠白綃籠解散解散王儉髻名持人皆慕之也洛生閑詠兩三聲

奉和次韻

白編椰席鏤冰明應助楊青解宿醒難繼二賢金玉唱可憐空作斷猿聲

潤卿魯望寒夜見訪各惜其志遂成一絕

皮日休

世外為交不是親醉吟俱岸白綸巾風清月白更三點

未放華陽鶴上人

奉和次韻　　張賁

雲孤鶴獨且相親倣效從他折角巾不用吳江歎留滯

風姿俱是玉清人

奉和次韻

醉韻飄飄不可親掉頭吟側華陽巾如能跂脚東窓下

便是羲皇世上人

訢金鸂鶒戲贈襲美

曾向溪邉泊暮雲至今猶憶浪花羣不知鏤羽凝香霧堪與鴛鴦覺後聞

奉和　皮日休

鏤羽雕毛迥出羣温磨飄出麝臍薰夜來曽吐紅茵畔猶似溪邉睡不聞

奉和　張賁

翠羽紅襟鏤彩雲雙飛常笑白鷗羣誰憐化作彫金質從惜沈檀十里聞

友人許惠酒以詩徵之　皮日休

野客蕭然訪我家霜殘白菊兩三花子山病起無餘事只望蒲臺酒一車庾信集云蒲州刺史中山公許酒一車未送

奉和　鄭璧

乘興閒來小謝家便裁詩句乞榴花邴原雖不無端醉也要臨風從鹿車

奉和

涷醪初漉嫩如春輕蟻漂漂雜蕋塵得伴方平同一醉
明朝應作蔡經身

寒夜文讌潤卿有期不至　皮日休

草堂虛灑待高真不意清齋避世塵料得焚香無別事
存心應降月夫人

奉和

細雨輕觴玉漏終上清詞句落吟中松齋一夜懷貞白

霜外空聞五粒風

奉和　　鄭璧

已知羽駕朝金闕不用燒蘭望玉京應是易遷明月好玉皇留看舞雙成

蒙恩除替將還京洛偶敘所懷因成六韻呈軍事院諸公郡中一二秀才　　崔璞

兩載求人瘼三春受代歸務繁多簿籍才短乏恩威共理乖天獎分憂值歲饑遽蒙交郡印（到郡十二箇月除替未及二年）安

敢整朝衣作牧慙爲政思鄉念式微儻容還故里高卧
掩柴扉

諫議以罷郡將歸以六韻賜示因佇詶獻

皮日休

欲下持衡詔先容解印歸露濃春後澤霜薄霽來威舊
化堪治瘵餘恩可療饑隔花攀去棹穿柳挽行衣佐理
能無取酬知力甚微空將千感淚異日拜黄扉

謹和諫議罷郡敘懷六韻

已報東吳政初捐左契歸天應酬苦節人不犯寒威江
上恩重借朝端望戴饑紫泥封夜詔金殿賜春衣對酒
情何遠裁詩思極微待升鎔造日江海問漁扉

松陵集卷九

松陵集卷十

唐 陸龜蒙 編

雜體詩八十六首

雜體詩序

皮日休

案舜典帝曰夔命汝典樂教胄子詩言志歌永言在焉周禮太師之職掌教六詩諷賦既興風雅互作雜體遂生焉後繫之於樂府蓋典樂之職也在漢代李延年為

協律造新聲雅道雖缺樂府乃盛鐃歌鼓吹拂舞予俞因斯而興詞之體不得不因時而易也古樂書論之甚詳今不能備載載其他見者案漢武集元封三年作柏梁臺詔羣臣二千石有能為七言詩者乃得上坐帝曰日月星辰和四時梁王曰驂駕駟馬從梁來由是聯句興焉孔融詩曰漁父屈節水潛匿方作郡姓名字離合也由是離合興焉晉傅咸有迴文反覆詩二首云反覆其文者以示憂心展轉也悠悠遠邁獨煢煢是也由是

反覆興焉晉溫嶠有迴文虛言詩云寧神靜泊損有崇亡由是迴文興焉梁武帝云後牖有朽柳沈約云偏眠船舷邊由是疊韻興焉詩云螮蝀在東又曰鴛鴦在梁由是雙聲興焉詩云維南有箕不可以簸揚維北有斗不可以挹酒漿近乎戲也古詩或為之蓋風俗之言也古有採詩官命之曰風人圍棊燒敗襖看子故依然由是風人之作興焉梁書云昭明善賦短韻吳均善壓強韻今亦效而為之存於編中陸生與予各有是為凡八

十六首至如四聲詩三字離合全篇雙聲疊韻之作悉陸生所為又足見其多能也案齊竟陵王郡縣詩曰追芳承荔浦揖道信雲邱縣名由是與焉案梁元藥名詩曰戍客恒山下當思衣錦歸藥名由是與焉陸與予亦有是作至如鮑昭之建除沈炯之六甲十二屬梁簡文之卦名陸惠曉之百姓梁元帝之鳥名龜兆蔡黃門之口字古兩頭纖纖藁砧五雜組已降非不能也皆鄙而不為噫由古至律由律至雜詩之道盡乎此也近代作

雜體惟劉賓客集中有迴文離合雙聲疊韻如聯句則莫若孟東野與韓文公之多他集罕見足知為之之難也陸與余竊慕其為人遂合已作為雜體一卷屬予序雜體之始云

苦雨雜言寄魯望　皮日休

吳中十日涔涔雨歊蒸庳下豪家苦可憐臨頓陸先生獨自翛然守環堵兒餓僕病漏空廚無人肯典破衣裾纍羸時時上几案鼃黽往往跳琴書桃花米斗半百錢

枯荒涇壞炊不然兩牀莪席一素几仰卧高聲吟太玄
知君志氣如鐵石甌冶雖神銷不得乃知苦雨不復侵
枉費畢星無限力鹿門人作州從事周章似鼠惟知醉
府金廩粟虛請來憶著先生便知愧愧多饋少真徒然
相見惟知攜酒錢豪華滿眼語不信不如直上天公牋
天公牋方修次且傍鳴蓬來一醉

奉訓苦雨見寄

松篁交加午陰黑別是江南烟靄國頑雲猛雨更相欺

聲似虓號色如墨茅茨裛爛籜生衣夜夜化為螢火飛
螢飛漸多屋漸薄一注愁霖當面落愁霖愁霖爾何錯
滅頂於余奚所作既不能賦似陳思王又不能詩似謝
康樂曹有愁霖賦謝有愁霖詩昔年嘗過杜子美亦得高歌破印紙
慣曾撫攬大筆多為我才情也如此高揖愁霖詞未已
披文忽自皮夫子哀絃怨桂合為吟侘我窮棲蓬藋裏
初悲溼翼何由起末欲箋天叩天耳其如王女正投壺
笑電霏霏作天喜我本曾無一稜去聲田平生嘯傲空漁

船有時赤脚弄明月踏破五湖光底天去歲王師東下急輸兵粟盡民相泣伊予不戰不耕人敢怨烝黎無糝粒不然受性圓如規千姿萬態分毫釐唾壺虎子盡能執舐痔折枝無所辭有頭强方心强直撐拄頹風不量力自愛垂名野史中寧論抱困荒城側唯君浩歎非庸人分衣輟飲來相親橫眠木榻忘華薦對食露葵輕八珍欲窮玄鳳未白欲懷仙鯨尚隔不如驅入醉鄉中只恐醉鄉田地窄

齊梁怨別

寥寥缺月看將落簷外霜華染羅幕不知蘭棹到何山
應倚相思樹邊泊

奉和次韻　　皮日休

芙蓉泣憾紅鉛落一朶別時烟似幕鴛鴦剛解惱離心
夜夜飛來棹邊泊

曉起即事因成迴文寄襲美

平波落月吟閒景暗幌浮烟思起人清露曉垂花謝半

遠風微動蕙抽新城荒上處樵童小石蘚分來宿鷺馴
晴寺野尋同去好古碑苔字細書勻

奉和曉起迴文　皮日休

孤烟曉起初原曲碎樹微分半浪中湖後釣筒移夜雨
竹傍眠几側晨風圖梅帶潤輕雲墨畫蘚經蒸半失紅
無事有杯持永日共君惟好隱牆東

夏日閒居作四聲詩寄襲美

平聲

荒池菰蒲深閒堦莓苔平江邊松篁多人家簾櫳清爲
書凌遺編調絃夸新聲求懽雖殊途探幽聊怡情

平上聲

朝烟涵樓臺晚雨染島嶼漁童驚狂歌艇子喜野語山
容堪停杯柳影好隱暑年華如飛鴻斗酒幸且舉

平去聲

新開窓猶偏自種蕙未徧書籤風搖閒釣榭霧披見耕
耘閒之資嘯咏性最便希夷全天眞詎要問貴賤

平入聲

端居愁無涯一夕髪欲白因為鸞章吟忽憶鶴骨客手披丹臺文脚著赤玉舄如蒙清音詶若渴吸玉液

奉詶夏日四聲四首　皮日休

平聲

塘平芙蓉低庭閒梧桐高清烟埋陽烏藍空含秋毫冠傾慵移簪杯乾將餔糟翛然非隨時夫君真吾曹

平上聲

溝渠通疎荷浦嶼隱淺篠舟閒攢輕蘋槳動起靜鳥陰
稀餘乘間縷盡晚蠒小吾徒當斯時此道可以了

平去聲

怡神時高吟快意乍四顧村深啼愁鵑浪霽醒睡鷺書
疲行終朝罕困卧至暮吁哉當今交暫貴便異路

平入聲

先生何遺時一室習寂歷松聲將飄堂岳色欲壓席彈
琴奔玄雲斵藥折白石如教題君詩若得札玉册

若雨中又作四聲詩寄魯望　皮日休

平聲

滲滲將經旬昏昏空迷天鸊鷉成群嬉芙蓉相偎眠漁通蓑衣城帆過菱花田秋收吾無望悲之真徒然

平上聲

河平州橋危壘晚水鳥上衝崖捜松根㸃沼寫火響舟輕通縈紆棧墮阻指掌攜橈將為君渚湍坐可往

平去聲

狂霖昏悲吟瘦桂對病卧簷虚能影斜含蠹易漏破宵
愁將琴攻晝悶用睡過堆書仍傾觴富貴未换箇
平入聲
羇棲愁霖中缺宅屋木惡荷傾還鶩魚竹滴復觸鶴閙
僧千聲琴宿客一笈藥悠然思夫君忽憶蠟屐著
奉訓苦雨四聲重寄三十二句
平聲
幽棲眠踈窻豪居憑高樓浮漚鷺跳丸寒聲思重衾牀

前垂文竿巢邊登輕舟雖無東皋田還生魚乎憂

平上聲

疊雲愁天低久雨倚檻冷絲禽藏荷香錦鯉繞島影心將時人乖道與隱者靜桐陰無深泉所以逞短綆

平去聲

烏蟾俱沈光晝夜恨暗度何當乘雲螭面見上帝愬臣言陰雲欺詔用利劒付迴車誅羣姦自散萬籟怒

平入聲

危簷仍空堦十日滴不歇青苔看成狂白菊即欲没吳
王荒金樽越妾挾玉瑟當時雖愁霖亦若惜落月

疊韻雙聲二首

疊韻山中吟

瓊英輕明生石脈滴瀝碧玄鉛仙偏憐白幘客亦惜

雙聲溪上思

溪空唯容雲木密不隕雨迎漁隱映間安問鷗鵶榜

奉和疊韻雙聲二首　皮日休

疊韻山中吟

穿烟泉潺湲觸竹犢觳觳荒篁香牆匡熟鹿伏屋曲

雙聲溪上思

踈杉低通灘冷鷺立亂浪草彩欲夷猶雲容空澹蕩

疊韻吳宮詞二首

膚愉吳都姝眷戀便殿宴逡巡新春人轉面見戰箭

紅櫳通東風翠珥醉易墜平明兵盈城棄置遂至地

奉和疊韻吳宮詞二首　皮日休

侵深奔巖岑勢厲衛睥睨荒王將鄉亡細麗蔽袂逝

枍棤替製曳康莊傷荒涼主虜部伍苦嬙亡房廊香

閒居雜題五首以題十五字雖合

鳴蜩早

閒來倚杖柴門口鳥下深枝啄晚虫周步一池銷半日

十年聽此鬢如蓬

野態真

君如有意耽田里予亦無機向藝能心跡所便唯是直

人間聞道最先憎

松間斟

子山園靜憐幽木公幹詞清咏葦門月上風微蕭灑甚

斗醪何惜置盈樽

飲巖泉

已甘茅洞三君食欠買桐江一朶山嚴子瀨高秋浪白

水禽飛盡釣舟還

當軒鶴

自笑與人乖好尚田家山客共柴車干時未似棲廬雀

鳥道閒擕相爾書

奉和雜題五首以題十五字雜合　皮日休

晚秋吟

東臯烟雨歸耕日免去玄冠手刈禾火滿酒爐詩在口

今人無計奈儂何

好詩景

傾盤香露傾荷女子墨風流更不言寺寺雲蘿堪度日

京塵到死撲侯門

醒聞檜

解洗餘酲酒半尊星星仙吹起雲門耳根莫厭聽佳木

會盡山中寂靜源

寺鐘瞑

百緣斗藪無塵土寸地章煌欲布金重擊蒲牢唅山日

冥冥烟樹覩棲禽

御思步

磈磈古薜綳危石切切陰螿應晚田心事萬端何處止
少夷峯下舊雲泉

藥名離合夏日即事三首

乘屐著來幽砌滑石罌煎得遠泉甘草堂衹待新秋景
天色微涼酒半酣
避暑最須從朴野葛巾篛席更相當歸來又好乘涼釣
藤蔓陰陰著雨香
窓外曉簾還自卷栢烟蘭露思晴空青箱有意終須續

銜簡遺編一半通

奉和

季春人病拋芳杜仲夏溪波繞壞垣衣典濁醪身倚桂
心中無事到雲昏

數曲急溪衝細竹葉舟來往盡能通草香石冷無辭遠
志在天台一遇中

桂葉似茸含露紫葛花如綬蘸溪黃連雲更入最深地
骨録閒攜相獵郎

懷錫山藥名離合二首　皮日休

暗竇養泉容決決明園護桂放亭亭歷山居處當天半
夏裏松風盡足聽

曉景半和山氣白薇香清淨雜纖雲實頭自是眠平石
腦側空林看鹿群

奉和

鶴伴前溪栽白杏人來陰洞寫枯松蘿深境靜日欲落
石上未眠聞遠鐘

佳句成來誰不伏神丹偷去亦須防風前莫怪攜詩藁
本是吳吟蕩槳郎

懷鹿門縣名離合二首　　皮日休

山瘦更培秋後桂溪澄閒數晚來魚臺前過鴈盈千百
泉石無情不寄書
十里松蘿陰亂石門前幽事雨來新野霜濃處憐殘菊
潭上花開不見人

奉和

雲容覆枕無非白水色侵磯直是藍田種紫芝餐可壽

春來何事戀江南

竹溪深處猿同宿松閣秋來客共登封壁古苔侵石鹿

城中誰解訪山僧

寒食古人名一絶

初寒朗詠徘徊立欲謝玄闗早晩開昨日登樓望江色

魚梁鴻雁幾多來

奉和　皮日休

壯顧懽遊悲沈宋梁武改為壯顧南徐陵寢歎齊梁水邊韶景無窮柳寒被江淹一半黃

胥口即事六言二首

波光杳杳不極霽景澹澹初斜黑蛺蝶粘蓮蕊紅蜻蜓裊菱花鴛鴦一處兩處舴艋三家五家會把酒船偎荻共君作去箇生涯

拂釣輕風細麗飄蓑暑雨霏微湖雲欲散未散嶼鳥將飛不飛換酒帩頭把看載蓮艇子撐歸斷人到死還樂

誰道剛須用機

奉和

雨後山容若動天寒樹色如消目送迴汀隱隱心隨挂

鹿搖搖白蔣知秋露蕓青楓欲暮烟饒莫問吳趨行樂

酒旗竿倚河橋

把釣絲隨浪遠采蓮衣染香濃緑倒紅飄欲盡風斜雨

細相逢斷岸沈魚罶罟約罟二音魚網也鄰村送客巃䑯即是

清霜刮野乖閑莫厭來重

風人詩三首

十萬全師出遙知正憶君一心如瑞麥唯作兩岐分

破檗供朝爨須知是苦辛曉天窺落宿誰識獨醒人

聞道更新幟多應廢舊期征衣無伴擣獨處自然悲

奉和　皮日休

刻石書離恨因成別後悲莫言春蠒薄猶有萬重思

鏤出容刀飾親逢巧笑難日中騷客珮爭奈即闌干

江上秋聲起從來浪得名逆風猶挂席若不會帆情

寄題天台國清寺齊梁體　皮日休

十里松門國清路飯猿臺上菩提樹怪來烟雨落晴天
元是海風吹瀑布

同前

峰帶樓臺天外立明河色近罘罳溼松間石上定僧寒
半夜楢溪水聲急

寒夜聯句

靜境揖神凝寒華射林缺龜蒙清知思緒斷爽覺心源徹

日休高唱戛金奏朗詠鏗玉節龜蒙我思方泬寥君詞復凄切日休況聞風篁上擺落殘凍雪龜蒙寂爾萬籟清皎然諸靄滅日休西窓客無夢南浦波應結龜蒙河光正如劒月魄方似玦日休短爐不禁挑冷毫看欲折龜蒙何夕重相期濁醪還為設日休

開元寺樓看雨聯句

海上風雨來掀轟雜飛電登樓一凭檻滿眼蛟龍戰龜蒙須臾造化慘儵忽堪輿變萬戶響戈鋋千家披組練日休

群飛抛亂石雜下攻城箭點急似摧胸行斜如中面 龜蒙

細灑魂空冷橫飄目能眩垂簷珂珮喧掾瓦珠璣濺 日休

無言九陔遠瞬息馳應偏密處正垂絙微時又懸綫 龜蒙

寫作玉界破吹為羽林旋翻傷列缺勞却怕豐隆倦 日休

遙瞻山露色漸覺雲成片遠樹欲鳴蟬深簷尚藏燕 龜蒙

殘雷隱鱗盡反照依微見天光潔似磨湖彩熟於練 日休

踈帆逗前渚晚磬分涼殿椄思強揮毫窺詞幾焚硯 龜蒙

佶栗烏皮几輕明白羽扇畢竟好踈吟餘涼可清宴 日休

君攜下高堂僧引還深院駮蘚靜鋪筵低松溼垂髯龜蒙

齋明乍虛豁林際逾葱蒨早晚共登臨欲去多離戀日休

北禪院避暑聯句院昔為戴顒宅後司勳陸郎中居之

歊蒸何處避來入戴顒宅逍遥脫單絞放曠抛輕策杷搔林下風偃仰澗中石日休殘蟬烟外響野鶴沙中跡到此失煩襟蕭然揖禪伯藤懸疊霜蛻桂倚支雲錫龜蒙清陰豎毛髮爽氣舒筋脈逐幽隨竹書選勝鋪苮席魚跳上紫芡蝶化緣青壁日休心是玉蓮徒耳為金磬敵吾亡

昔髙尚志在羲皇易豈獨斷韋編幾將刓鐵樋龜蒙天書
旣屢降野抱難自適一入承明廬盱衡論今昔流光不
容寸斯道甘枉尺日休旣起謝儒玄亦翻商羽翼封章帷
幄徧夢寐江湖日擺落函谷塵髙歌華陽幘龜蒙詔去雲
無信歸來鶴相識半病奪牛公全慵捕魚客少微光一
點落此芒碭索日休釋子問池塘門人廢幽賾堪悲東序
寶忽變西方籍不見步兵詩空懷康樂屐龜蒙髙名不可
動勝境徒堪惜墨沼轉疎蕪玄齋踰闃寂遲遲不能去

涼颸滿杉栢日休 日下洲島清烟生苾蒭碧俱懐出塵想
共有吟詩癖終與淨名遊還來雪山覔龜蒙

獨在開元寺避暑頗懐魯望因飛筆聯句

煩暑雖難避僧家自有期泉甘於馬乳苔滑似龍鬉日休
任誕襟全散臨幽榻旋移松行將雅拜篁陣欲交麾龜蒙
望塔青髯識登樓白鴿知石經森欲動珠像儼將怡筒
簟臨杉穗紗巾透雨絲靜譚蟬噪少涼步鶴隨遲日休 烟
重迴蕉扇風輕拂桂帷對碑吳地說開卷梵天詞積水

魚梁壞殘花病枕欹懷君蕭灑處孤夢繞罘罳 龜蒙

寂上人院聯句

瓔床空默坐清景不知斜暗數菩提子閒看薜荔花 日休

有情唯墨客無語是禪家背日聊依桂嘗泉欲試茶 龜蒙

石形蹲玉虎池影閃金虵經笥安巖匼缾囊挂樹椏 日休

書傳滄海外龕寄白雲涯竹色寒凌箔燈光靜隔紗 龜蒙

趣幽翻小品逐勝講南華莎彩融黃露蓮衣染素霞 日休

水堪傷聚沫風合落天葩若許傳心印何辭古堞賒 龜蒙

藥名聯句

為待防風餅須添薏苡杯張賁香燃柏子後鐏泛菊花來日休石耳泉能洗垣衣雨為裁龜蒙從容犀局靜斷續玉琴哀賁白芷寒猶採青箱醉尚開日休馬銜衰草卧烏啄蠹根迴龜蒙雨過蘭芳好霜多桂末摧賁朱兒應作粉雲母詎成灰日休藝可屠龍膽家曾近鷰胎龜蒙牆高牽薜荔障軟撼玫瑰賁鼯鼠啼書户蝸牛上硯臺日休誰能將藁本封與玉泉才龜蒙

寒夜文宴聯句

文星今夜聚應在斗牛間日休載石人方至乘槎客未還賁送觴繁露曲徵句白雲顏龜蒙節奏唯聽竹從容只話山日休理窮傾祕藏論猛折玄關賁酈酒分中綠巴牋壁處殷龜蒙清言聞後醒強韻壓來閒日休犀柄當風揖瓊枝向月攀賁松吟方㗳㗳泉夢憶潺潺龜蒙一會文章草昭明不可删日休

報恩寺南池聯句

古岸涵碧落龜蒙虛軒明素波坐來魚陣變日休吟久菊花多秋草分杉露嵩起危橋下竹陂遠峯青髻並龜蒙枯蓼紫髯和趙論寒仍講日休支硎僻亦過齋心曾養鶴嵩起揮翰好邀鵝南峰院即故相國裴公書額倚石收奇藥龜蒙臨溪藉淺莎桂花晴似拭日休荷鏡曉如磨翠出牛頭聳嵩起苔深馬跡跛石上有支公馬跡傘欹從野醉龜蒙巾側任田歌跁跒松形矮日休般跚檜樾烓香飛僧印火嵩起泉急使鑣珂淺鈿真堪帖龜蒙尊絲亦好拖幾時無一事日休相伴著烟蘿嵩起

夜會問答十首

寒夜清日休問魯望簾外迢迢星斗明況有蕭閒洞中客吟
爲紫鳳呼皇聲時華陽廣文先生在焉

瘿木杯龜蒙問襲美杉贅楠瘤刳得來莫怪家人畔邊笑渠
心只愛黃金罍

落霞琴日休問潤卿寥寥山水揚清音玉皇仙馭碧雲遠空
使松風終日吟

蓮花燭賁問襲美亭亭嫩蘂生紅玉不知含淚怨何人欲

問無由得心曲

金火障（日休問魯望）紅獸飛光射羅幌夜來斜展掩深爐半

睡芙蓉香蕩漾

憶山月（龜蒙問潤卿）前溪後溪清欲絶看看又及桂花時空

寄子規啼處血

錦鯨薦（貢問襲美）碧香紅膩承君宴幾度閒眠却覺來彩

鱗飛出雲濤面

懷溪雲（日休問魯望）漠漠閒籠鷗鷺群有時日暮碧將合還

被漁舟來觸分

霜中笛龜蒙問襲美落梅一曲搖華滴不知青女是何人三奏未終頭已白

月下橋日休問魯望風外拂殘衰柳條倚欄干處獨自立青翰何人吹玉簫

古松陵即今之吳江予同年濟寧劉君濟民來為邑令謂是集為其邑故物而人未之見授儒士盧雍校勘捐俸刻之予觀唐詩人多尚次韻至元白而益盛

其萃而成編則有漢上題襟斷金及是三集按皮氏自序謂一歲中詩凡六百五十八首其富如此則又題襟斷金之所無者況其遊燕題詠類多吳中之作後之希賢懷古者將於是乎考固吳人所當寶也劉君為政不減古人其刻是集豈直私於一邑蓋將以公之天下者也弘治壬戌九月二日前進士吳都穆記

嘗考皮襲美文藪及陸魯望笠澤叢書俱不載唱和

詩卷因襲美從事郡收與魯望酬贈積成十通别為一冊名曰松陵為吳中一時佳話爾千百年後僅弘治間重梓又漫滅不可得使海内慕皮陸之風而願見茲集者謂吾吳好事何余特購宋刻而鋟諸棗不特松陵為吾吳之望也道義志氣窮通是非如兩公者可以相感矣海虞毛晉識

松陵集卷十

總校官候補知府臣葉佩蓀

校對官助教臣周鋐

謄錄監生臣王起選

圖書在版編目（CIP）數據

松陵集 / (唐) 皮日休等撰. —北京：中國書店，
2018.2
ISBN 978-7-5149-1905-9

Ⅰ. ①松… Ⅱ. ①皮… Ⅲ. ①唐詩－選集 Ⅳ.
①I222.742

中國版本圖書館CIP數據核字(2017)第319291號

四庫全書·總集類

松陵集

作者 唐·皮日休等撰
出版發行 中國書店
地址 北京市西城區琉璃廠東街一一五號
郵編 一〇〇〇五〇
印刷 山東汶上新華印刷有限公司
開本 730毫米×1130毫米 1/16
印張 29
版次 二〇一八年二月第一版第一次印刷
書號 ISBN 978-7-5149-1905-9
定價 一〇六 元